微瀾說

許榮輝 著

謹以此書獻給我的父親母親

《微瀾說》小序

一個人來到世間，就要經歷「生老病死」，這其間的各種際遇，體現在日常日子裏的「醫（衣）食住行」，都可以讓人體味到雜味紛陳的「喜怒哀樂」，簡單一點來說，基本上構成了一個人生。

集子裏寫的都是些基層普通人尋常日子裏的故事，力求捕捉他們瑣瑣碎碎的生活細節，描繪出大概是大部分基層普通人會過的平淡、卻又真實無比的生活。

餐搵餐食的尋常人家，難免都有些可稱謂寒微的日子，這樣的日子，生活的狀態大概是死水，充其量有點微瀾。生活大致都預期得到，打一份工作，養家活口，不會有大發展，日出而作，日入而息，守着小日子過，要是安然過好每一天，沒有甚麼特別的事發生，一般人家，也當是一種福氣了。

但除了這樣，集子裏故事還想進一步探討的是，縱使安於這樣一種安分守己，勤奮持家的平淡；尋常人家還是要面對另一種生活常態，即是各種難題總會不期而至，諸如家人出了各種健康問題，失業了。要面對種種無法預期的突來困境，家人不但要沉着勇敢面對，也要有很堅韌的生命力。面對的這種苦況，概括起來大概就是一生的「生老病死苦」。

然而生活再怎樣，總也有較積極，能為即便是灰暗的人生加添點色彩的時候。不是嗎？縱使有過寒微的日子，在回味時，仍能感受到一點開朗，樂觀、溫暖，相濡以沫的溫馨。又也許在回味人生時有所頓悟而感受到的喜悅，又或者因得到意外的快樂而快樂得不得了。這都是集子裏的故事想探討的。

即便是生活再平庸不過，也可以探究在非常真實的生活裏，到底有些甚麼，是真的值得珍重。

「生老病死，喜怒哀樂」當然是很大的題目，但它可以啟發人去留意生活裏的有關故事，很平凡的一點一滴。

目錄

第一輯：生老病死

生命似樹　十三
生死不渝　四九
白頭偕老　六五
傷逝　九一
文竹　一一五

第二輯：喜怒哀樂

上與落　一二一
稱呼　一三九
木蝨與病毒　一五一
揮春　一七三

第三輯：醫衣食住行

他們的美麗人生印記 一八七
漫長而又深刻的記憶：輪候街症 二四一
海上夫婦 二六一
窮人的溫暖版自助餐 二八七
暗角裏的人間溫暖 二九七

附錄

「生老病死」之苦——淺談《微瀾說》／黎漢傑　三〇九

第一輯：生老病死

生命似樹

一

小公園的正式名稱很美麗，很吸引，入口處有個牌子醒目寫着：「海濱公園」。畢竟規模太小了，身處園內，難有海闊天空的視野。不過「海濱公園」這個美名，倒不是言過其實：傍着維多利亞海港，四四方方的一塊，嬌小玲瓏，非常實用，能看到碧海藍天，清晨時分，能呼吸到清新空氣。晨運者慶幸區內還有這塊黃金寶地留作公共場所，讓人享受到一點心曠神怡的感覺。

要是建成豪宅，樓價還得了！只要是抱着這樣的心境來這個小公園，心裏可能就會有一種很奇妙的舒暢。

春天來了，園內花草開遍，一片萬紫千紅，最是賞心悅目。

每逢週末，公園裏拖男帶女的遊人一多，歡聲笑語連成一片，宛如小樂園。

二

這名女子是「海濱公園」常客。

只是，每當園內滿載歡樂和熱鬧，就愈發顯出了這名女子飽滿憂鬱的愁容來。

也不奇怪。一個推着輪椅走的人，整個顏容有着愁苦作為底色，很容易就讓人猜想到，她心底的煩心事，都要比別人多。

這名女子是知道的，確實努力過，把稍不留神，就會流露出來的愁容掩飾。因此，她的臉龐反而經常刻意堆出笑意，陽光一般的溫暖，可以照亮人。只是，笑容全露在自己臉上，留在心裏的就少了，再不輕易可以照亮自己。

看得出，她不是真正性格堅強的人。憂愁中強堆笑容，當然不會自然，她只是覺得有這樣的需要，那笑容就帶着了一片苦心的經營。

女子在較為寬敞、毫無危險的直路上推車時，偶會失神，露出落寞神色。但只要輪椅上的小女孩突然轉過頭來，她的顏容就會像自動按鈕一般，露出燦爛笑容。這種時候的笑就更加刻意，更加用力。女子的笑容明顯是專門流露給一個坐在輪椅上的小女孩看的。

小女孩患的到底是甚麼疾病呢？這很可能就是一個叫人傷心的故事。

每到週末，絕對可以看見小女孩坐在輪椅上，由女子推着前來小公園。

看來是五、六歲大的小女孩，純真、可愛。因為感染到園裏的熱鬧，還有女子陽光般溫煦笑容照拂，小女孩表現出來的，還似乎比起別家孩子都要幸福、快樂。

近晚時分，夕陽斜照，只要是風和日麗的日子，總是小公園最美好的時光。母親們帶了孩子來，營造的一定是歡樂、溫馨。追逐、跳躍，有多少動感，就有多少歡聲笑語。

這對母女，多了張輪椅，就不能是動態，而是靜態了。

動態的孩子，滿園都是他們的天地，父母親擔心着小孩子的安全，不敢怠慢，不僅僅是眼睛緊跟着他們，常常也會跟着他們瘋跑，弄得大人小孩都滿額大汗。

靜態的孩子，多少總是怕被碰撞的，只能選擇適合自己的路線，靠着她們兩個人的力量，勉力也可以把孤寂支撐了起來。

三

像尖東、鰂魚涌這些名副其實的風光如畫的海濱長廊，海岸線都會築起美輪美奂的圍欄，讓遊人無障礙飽覽海港景致。這個區內可以觀賞到美麗維多利亞海港的公園，只此一家，原本是應該也築起這樣美輪美奂的圍欄。

然而，舊的改建成新的「海濱公園」建成時，確實煥然一新，如詩如畫，只不過，從公共屋邨時代（最早期的那一批）就已築起的鐵絲網狀圍欄，就像要對舊事物保育一般，原封不動。煞了風景就不算了，多少滿園飛奔的孩子，碰上生鏽的鐵絲網有多少回，身上染上鐵絲網鏽跡就有多少。

鐵絲網狀圍欄隔了一段頗長的時間還是重建了，不過，不是遊覽勝地美輪美奂圍欄的那種，另有一番姿態。是比以前高得多的髹上綠色的鐵欄河。如果是以觀賞海上迷人景致的角度來看，仍是煞了風景，不過，這種設計卻是深得家長們的認可。

迷你的「海濱公園」委實太細小了，滿園的孩子很容易擠在一起，玩在一起，玩得忘了形，不知深淺，做出太危險的事，還不自知。孩子只知要玩得高興，哪裏有自我控制的能力！試想一想，園內要是有甚麼地方過於容易攀爬，掉落海裏，不能說不可能。修築那種過於無遮無攔的圍欄，於安全方面不太理想。

還有個更重要原因。以前，釣魚人士也會到園內垂釣，釣魚人士在緊要關口，突然用力揮起魚桿，他們與遊人的距離，只在咫尺之間，一時也顧不及遊人了，潛伏的危險就很大了。

新的圍欄建得太高了，已不是理想的垂釣環境，任憑那個釣魚人士，都不會來這裏垂釣了。

新築起的鐵欄河，讓小公園失去了該有的精緻的美感，卻換來了粗獷的奇觀，這卻是小公園不該有的。

鐵欄河看來建造得很堅固，要是一個人的話，就是魁梧壯實，給人粗獷的感覺。但老實說，要不是附生在它身上的幾棵樹木，也不過是一道很尋常的風景而已。

建造新的鐵欄河時，這幾棵樹大概已存在，只不過，那時是毫不起眼的小樹吧。它們不是參天古樹，建造工程自然沒有可能遷就它們的生命。但只要它們的生長，不妨礙由水泥、鐵架建造起來的鐵欄河按照圖則順利完成，卻也沒有必要刻意要把它們鏟除掉。小樹的生命畢竟也是生命，而且代表生命的翠綠，叫人看了容易生了憐愛之心。

正如一個可愛的小孩子的生命，忍心去摧毀嗎？

歲月無聲無息地消逝，小樹曾經作過了怎樣的努力呢？成長過程大概連粗生粗養都不算，絕對是處於逆境，然而奇蹟出現了，小樹奇異地茁壯成長了起來。

高高的堅固的鐵欄河，原本該是樹木成長的最大阻力，不料，卻變成了樹木最大的支撐物。樹根不僅深札在很狹小的堤岸上，樹身不斷成長的過程中，竟然可以嵌進鐵欄河的鐵枝內。看起來，樹木跟鐵欄河成為一體，是生死與共了。

即便在最當風的地方，颱風再狂暴，能摧毀得了穩若泰山的鐵欄河嗎？摧毀不了，樹木也就屹立不倒了。

曾經的小樹成長了起來，生命力即便再怎樣堅韌，在這樣的成長環境的條件限制下，也成長不了大樹。但茂盛的枝椏，在歲月催生下，有些已高出了鐵欄河，伸進園裏來，為遊人提供了大片綠蔭，炎夏日子，正是納涼好地方。

有些枝椏則向海面伸展，不是向上發展，而是以超過九十度的彎度傾斜，樹葉都快垂在海面上了。

「無論如何，我都要活下去。」這些樹木，好像這樣表達它們的決心。

四

女子喜歡推着輪椅，沿着小公園的鐵欄河而走，慢悠悠的。女子時不時會垂下頭來，跟小女孩説些悄悄話。此時的鐵欄河倒是有一份奇異之美，像尊守護神。守護着這對母女。

在滿園一片動感的歡聲笑語中，母女踽踽獨行，漸行漸遠的身影，總像蘊含悵然的意味。

其實，要是真有那麼幾個有心人，以憐憫的目光、心情，張望她們，而生了這樣的感慨，極可能只不過是他們自己的感覺而已。

母女走到了鐵欄河盡頭，再轉身走回頭路時，臉上都浮現着心滿意足的笑意，黃昏的恬靜為她們平添了一份安寧。

還有一份祝福。

母女有意盡量靠近鐵欄河而行，好與波平如鏡的海港共享一份寧靜。有了鐵欄河在身邊，受到保護的感覺很美好。

再浪漫一點去想，母親有沒有對女孩提及，附生在鐵欄河的樹木的故事？在她低垂着頭跟小女孩説悄悄話的時候，説不定，講的就是這些樹木堅韌的生命力。

五

園內遊人當中。有一名男子，他的舉止後來引人特別注目，因為他像會變戲法那樣，一個人突然變成了兩個人，過程很是溫馨。

他最初的舉止，能夠説得上是古怪嗎？

至少眾人的目光，多多少少透露了這樣的意思。

這位男人第一次出現，是在深秋。

都說這座都市的季節分野不太明顯，到了這個時節，畢竟還是有點涼意了。

枯葉、花絮掉得小公園滿地都是。一陣陣冷冽的海風吹過，把枯葉飛捲了起來，滿天飛舞的剎那，似乎也帶來幾分肅殺的氣氛。

其實，天色灰暗的日子，肅殺兩字才勉強用得上，陽光一出來，小公園又變得很明朗了。

男人穿了件寬鬆的黑色長外套，仍掩飾不了他瘦削的身軀。神色有幾分落寞，他總是環繞着園內一個偌大的花槽，轉了一圈又一圈，似乎是在欣賞花草，樣子卻有一種陷入困境而束手無策的惶惶然。

一個年紀不算太大的男子，其實勉強還算得上是個青年，大白天在小公園裏這樣轉悠，很容易讓人聯想到他是失業漢，或在生活其他方面極度失意，卻又一時找不到出路，走到園裏來躲避了。

然後有一天，他的一個秘密，被揭開了。

他環繞着花槽轉動，並不是為了他自己，而是為了他懷裏的寶貝。

有一天，他環繞着花槽轉動後，坐在一張長椅上。原來，他把一個頂多也不過是幾個月大的嬰兒，「藏」在他的外套裏。

怪不得他走路時有點異樣，老是把雙手放在肚子上，又不時低垂着頭凝望，流露着男人罕見的有點不安卻是柔和神色。

坐在長椅上，他用雙手，小心翼翼地把嬰兒從懷裏放在膝蓋上，然後從背包裏掏出奶樽。原來，為嬰兒餵奶的時間到了。

懷裏的嬰兒就像是他的小寵物。

小公園確實特別開闢了一個寵物角，專為愛護寵物者而設。賞心悦目的鏡頭時常出現：主人把很精緻的小寵物捧在手心，千般寵愛傾在心肝寶貝身上，總要惹來其他愛護寵物者圍攏過來，讚歎之聲四起。

這男人懷抱着的果真是小寵物的話，餵奶的每一個動作就不會顯得那麼笨拙、拘謹，簡直是戰戰兢兢。

他的笨拙不僅是因為他對餵奶不慣不熟，更重要的原因也許是，出於他的那份心情。

看得出他是一個對自己百般不信任的父親，深怕自己的某個動作出錯，招來難以挽回的後果。事實上，嚴重出錯的可能性很微，那就是說，他的心理在作祟了。心理壓力重，再怎樣正確的動作都可能出現扭曲。

畢竟是父兼母職的男人呀！他的故事是怎樣的呢？

推着輪椅的女子就是在這個男子餵奶的時候注意到了他。也許出於母愛的本能，趁着男子低垂着頭，全神貫注餵奶的時候，停下來凝視着他好一會兒。她的目光很柔和，露出的笑容很自然，好像在刹那間，把愁容都掃清光。

六

過了一個寒冬，春夏季節也跟着來臨了。

早春一天早晨，女子推着輪椅到小公園時，發現已有工人在園內的草地上忙碌着，挖出坑坑窪窪。

再過幾天，園外路邊停泊了一輛貨車，車上滿載着小樹苗，全都只及一個成年人腰間那樣的高度，瘦長的樹幹，翠綠的葉子，很像一群可愛的孩子，坐着旅遊車來露營似的。果然，工人已用手推車，把這些小樹苗搬到園裏來了。

女子看見這些小樹苗時，不禁驚喜地叫了一聲，這種驚喜聲是罕見的，引得小女孩轉過頭來。小女孩看見母親臉上有種異乎尋常的光彩。

第二天早晨，看見園內的坑坑窪窪，好幾個已經種植上了小樹苗。

小樹苗也許已在備受保護的種植園裏培養了一段時間，初具亭亭玉立的模樣，被移植到小公園裏來，意味着它們要獨立成長，接受真正的風雨的洗禮了。

過了一個星期，小樹苗已整整齊齊排成了長長的一字型，就像很守秩序的小學生在操場上列隊。

「你知道它們叫做甚麼樹名嗎？」女子俯身問小女孩。

小女孩以好奇的目光望着母親。

「小葉欖仁。」女人帶着憐愛的口吻對女孩説

從此，女子和女孩在前往小公園的路上，又多了層喜悦。是對生命的一種由衷的憧憬。

母女也以小樹苗作為話題。女子一定是查閱了很多資料。

女子說：「小葉欖仁是春夏季裏最優雅的樹，是需要最充足陽光的樹種。它還有個很可愛美麗的名字，叫雨傘樹，當它們成長的時候，它們的樣子，你會看到的。」

種植和成長期間，正值這座都市的雨季。雨水充沛，沒有下雨的日子，就是充沛的陽光，滋潤着這些小生命。也許海港吹來的特別清新的空氣，也讓這些小生命，精神特別煥發吧。

小葉欖仁應該是種粗生粗養，生命力特強的樹木。它們大概也深知，作為一棵樹的命運，要在城市得到一個安身立命之所，哪會容易！因為一切都要讓路給城市發展呀！況且，它們所處位置，正是價值連城的黃金地帶。

不需要太長時間，靠着雨季充沛的雨量，一字排開的小葉欖仁已讓自己成了一道優雅的風景線。

小葉欖仁外貌初具傘形，像把綠綢傘。只是樹幹依然瘦長幼嫩，更像傘柄。遊人經過一棵一棵小樹走了過去，就像是扶着一支又一支綠綢傘。

每棵小葉欖仁，樹幹上都有至少四、五把小傘。一棵樹就像一把縮骨傘，把樹幹拉開一節，就有一把小傘，一把又一把的層層而上，確實是一副眉清目秀的樣子，叫人看了舒心。

那些樹葉，就像一隻隻小手，每當有遊人經過，都會揮着小手，向遊人致意，又像在對遊人說：「我們是雨傘，也是陽傘，因而你們可以放心，無論日曬雨淋，我們都可以跟你們風雨同路！」

女子輕輕彎下腰來，輕聲對小女孩說：「你看小葉欖仁，生長得多好呀，我們也可以。」女子說着，眼眶不禁濕紅了起來。她沒有刻意去掩飾，因為她站在小女孩的身後。小女孩正昂起頭來，望着被夕陽染得滿目生輝的樹葉，她笑得很開心。

七

時光能夠把很多事情改變，有的變好，有的變差。我們都有種本能，渴望看到好的變化，好的變得更好。看到了好的變化，就是一種福氣。

女子是在好久之前，聽到這麼一番話的，很喜歡，也非常感動。但她一直無法記牢原話，只能把自己理解的意思，記在心裏，也不確定是不是原話了。後來她又把這一番話的意思伸延開去，接上了已經很著名的詩句：寒冬已來了，春天還會遠嗎？

在嚴寒的、不能到小公園散步的日子，女子總是想起這詩句。這句話對她起了安慰的作用。

一年當中，縱使有寒冷的日子，充其量幾個月而已，而對於一個小嬰兒，卻可以成長得很多了。

那個把嬰兒收藏在懷裏的男子，明顯增添了開朗的氣色。他不再像個潦倒漢，總是有意也把自己收藏在一個角落。他在小公園裏的活動範圍擴大了，步伐也大了。這種帶出力度的步伐，應該是他這個年紀該有的，以往總是被壓抑着，現在釋放了。

以前他的腳步拖拉，好像被甚麼拖累着。

是被他藏在懷裏的嬰兒拖慢了嗎？最初的時候，給人的印象一定是這樣的。

想來是有趣的。嬰兒是會成長的，再怎樣，體重總會增加的，而他，嬰兒體重增加，步履卻變得輕快了。所以，以前真正令他不輕鬆的，必有更重要原因。

曾經是那麼一個脆弱的小生命，放在一個毫無照顧嬰兒經驗的父親手裏，哪會不驚慌失措呢？而現在嬰兒成長了，初步具有自己的力量，不再只是昏昏沉沉地睡着。她開始有了表情，很單純的表情，卻真的可以跟父親交流了。她固然會莫名其妙地哭啼起來，叫父親嚇了一跳，弄得不知如何是好。但更重要的是，她會笑了，笑得可以奪了父親的魂魄。她真的懂得以笑容來討好父親了嗎？

有了交流，就叫父親略為放心。

嬰兒日漸健壯，讓父親愈有信心。

不過，父親的開朗，需要有個前後對比，才能看得出其中微妙的變化。他的相對的開朗，從眉頭、嘴角、眼神、步伐，那麼不動聲息的，細看了卻又像被甚麼驚動了似的，很微妙地流露了出來，似乎連他也不大敢肯定，他真的會這樣開朗嗎？

他的樣子，好像覺得，他的開朗，就像薄霧，又像晨露，不是由他控制，甚至連他都不知道，一下子就不見了。

一定是充沛的陽光，幫了他一把，就像小葉欖仁。世間萬物，都需要陽光。

不知從哪一天開始，他就像很多母親那樣，已經用揹帶，把嬰兒揹在腰間了。

不是揹在背部，也不是揹在胸前。

男人也喜歡沿着小葉欖仁所投下的樹蔭，來回走動着。小樹散發的新生命的氣息，叫人着迷。燦爛的陽光，充足的水分，清新的空氣。小樹需要，小嬰兒的成長也是有這樣的需要吧。由父親帶來的充足的奶水撫養嬰兒長大。而陽光和空氣都是免費的。父親也許是看中這一點，所以不會老呆在家裏。

父女與小樹接近，好像交流着成長的心得，也成了一幅很美麗的景致。

原本收藏在男人懷裏的小嬰兒，讓人看到了她的模樣了：精神飽滿、嬌嫩、清純，引得人有股衝動，只想上前，在嬰兒肥嘟嘟的臉頰上親一親。

特別想到她是由一個男人戰戰兢兢帶大的，這個嬰兒就顯得更特別了，理解到成長不容易，就更加討人憐愛。

所有健康成長的嬰兒，都會有這樣的一張臉孔：一對精靈小眼睛好奇地張望着。周遭的事物逗得她高興時，就會興奮得手舞足蹈，動作很輕微，已足以讓人感到她巨大的熱情。這個會發出甜笑的嬰兒，懂得向人打招呼了。吸引小嬰兒注意的事物很微小，可能是草地上的一朵鮮花，一個女人懷裏抱着的一頭小狗，一片在風中飄飛的枯葉，在嬰兒的意識裏，都值得以整個生命力去擁抱。

嬰兒的笑，最可愛而又最動人，完全不必要有甚麼理由，就笑了起來。亮晶晶的眼睛，帶動着小嘴巴裂開來，一個迷人的笑靨就形成了。一個毫無疑問沒有機心的笑容，讓累透了的成年人看到了，像呼吸到一口新鮮空氣，透了一口氣來。

一個做了父親的男人，縱使生活上遇上百般難以排解的煩惱，也會有幸福的時候。可愛的嬰兒抱在懷裏，也許有過負累的時候。但嬰兒慢慢成長，她的生命力逐漸讓父親感到，愉快的感覺愈來愈多，這種感覺已足以形成一股力量，把父親支撐了起來，讓他變得輕盈了。

八

那個特別的季節，天氣很和暖。懂得感恩的人就會想，老天爺是時不時會毫不吝嗇，大手筆賜給人間這樣的好日子的，好讓人間有個喘息的機會，有點閒情，產生點美好的憧憬。

那個季節，晴朗的日子，公園裏孕婦的身影開始多了起來。

溫度恰到好處的陽光，最體貼人，讓人喜歡去親近。黃昏時刻，鋪滿小公園的金黃色夕照引人無限溫柔的情意。公園像個容器，裝着的金黃色都滿得溢了出來。海港吹拂過來的清新海風，把金黃色攪動了般，滿目難以言喻的美感，也就真的美不勝收了。

美感最容易觸動人的想像。

眾多的孕婦在不同時段，在公園裏散步的身影，一個又一個重疊起來，形成了別緻的景觀。

初孕的女子青春氣息滿溢，而再做母親的女子，有另一種絕代風華，早已把成熟韻味培育得十足。

有的孕婦看來懷的胎兒快足月了，她們慢步往返來回，享受着陽光的撫慰。陽光在祝福她們，願她們愉快、幸福。

孕婦們的步姿不同，只有一個手勢是相同的，不時用手撫摸着腹部，臉部煥發着快做人母的燦爛。

她們行走的路線不同。有的繞了很大的圈子，然後才折回頭，那一定是年輕的孕婦。她們步姿煥發的朝氣，以及時常不知覺的展現的歡顏，顯示她們為了迎接新生命的來臨，已作了充分的準備，有種過份隆重的意味。對她們來說，再過份的隆重也是恰如其份的。她們有時步姿較為急速，展示着內心的期盼，心肝寶貝快來呀！有時慢步而行，那是內心裏咀嚼着無比寧靜、喜悅，在跟胎兒悄悄對話。

有些孕婦不是孤單一個人，而是成雙成對漫步，悄悄話，說也說不完，大概在說些育嬰心得。兩個人的安詳和幸福加在一起，就更耀眼了，讓人覺得，再美好的日子，也都只不過是如此。走得有點累了，就坐在長凳上，那種休息的姿勢，愜意得誰都學不來。

孕婦多了，整個公園就像舞台，她們在排練着精心編排的集體舞蹈，舞蹈名稱就叫《生命之歌》，準備在園內作出盛大演出。

但是，要是沒有孕婦的獨有服飾，公園縱使成了舞台，也會遜色得多。

孕婦像是都穿上了精心揀選的，自己最喜歡的孕服，來參加這一個盛會。大多數孕服並不艷麗，卻可以千變萬化。服飾本身就是演員。懷着胎兒的孕婦，不方便有太大動作，服飾就助她們一臂之力。孕服的質地應該是都很柔軟，輕飄飄的，一陣微風吹來，她們的腹部就呈現很美的半圓球狀線條。海風稍息，孕婦的服飾又恢復各自的風姿綽約。

新的生命從來都是很美麗的，在未來到這個世界之前，已由孕服動人地襯托了出來。

在這樣的日子，推着輪椅的女子，精神明顯煥發得多。她似是聽到了生命的呼喚。

在這樣的場合，推着輪椅的女子很容易就看到了一個現象，孕育着新生命的載體，看來大都顯得比較脆弱。例如這些孕婦，還有揹着女嬰漫遊的父親。大概是因為，這些人知道有新的脆弱的生命負託在她們身上，儘管內心滿是喜悅，卻也時時刻刻露出憂心忡忡，處處小心翼翼的樣子，生怕出了甚麼意外。於是她們本身看起來也脆弱了。

這是對生命的敬重。

這些人所做的，都是為了讓孕育中的新生命發育得更完美。為甚麼女子看到了這一切，特別觸動？因為當她自己要照顧的，就是一個不那麼完美的生命，更覺生命的珍貴，更加極力要去保護她。

自己的愛女。

九

父親把嬰兒揹在腰間，緩慢地在園內來回穿梭。園裏滿是或坐或行的孕婦。這對父女就像舞台上突然闖入的一對未經安排的配角，整個場景就變得很特別。

不過，也有另一種情況，這對父女正好起了很奇妙的戲劇性作用，沒有了他們的闖入，整台戲的劇力就會變得很淡然，不那麼好看了。

生活裏不妨有不同組合，才能產生奇妙效果。

如果說，孕婦們曾對這對父女有過驚愕的目光，後來目光卻明顯改變了，而且習慣了。當父女身影出現，不少孕婦望着他們經過，不期然睜大了眼睛，射出耀眼的光芒。這位父親在這樣的目光下，倒變得有點像個害羞的姑娘了。

孕婦們的目光既是充滿豔羨，也是充滿憧憬的。

這個父親向她們提供一個養育可愛嬰兒成長的樣本。他能做到，難道我們孕婦們反而無法撫養出來？孕婦的目光裏藏着這樣的潛台詞。她們更具信心了。

十

很多次，父女沿着小葉欖仁而行，會迎面碰上那位偶然改變路線，推着輪椅而行的女子，看來無論是父女或是母女，都有意親近一下小葉欖仁。

父親有時發現女子抬起有點憂鬱的目光，聚焦在他用腰帶揹在腰間的小女兒，女子神色瞬間起了微妙變化，微露的笑容像是黃昏天邊的雲彩，有種悦目而不耀眼的燦爛，那像是對新生命成長的讚歎。不論是女嬰或是小葉欖仁，成長都是那麼明顯而且順利呀！

小葉欖仁懂得為遊人遮蔭了，而小女嬰懂得玩滑梯了。

小女嬰一蹦一跳的，讓父親扶着她爬上滑梯，女嬰滑下滑梯時，開懷大笑。

不久，父女又在玩鞦韆。

至少總有二、三個孕婦會停下來，看着這對父女玩滑梯和鞦韆，目光裏流露的母愛，透露着她們的心思，幾年後，也可以享受到這樣的天倫之樂了。她們看到這位父親的堅韌和細心，培育出來的小嬰兒的生命力也是這般堅韌。但最動人的是父愛，純度是多麼醉人！

人生是一條跑道，沿途設置着很多障礙。對於這對父女來說，跑道上設置的障礙，是不是又比尋常人家多了點呢？然而這對父女，以優美姿勢，成功跨過了第一道障礙欄了。

要是這樣想像的話，他們沿途上曾經遇上的狼狽、驚恐和不知所措，都變得美麗，甚至是壯麗了。這些孕婦是不是這樣想過呢？

這對父女，怕是永遠都沒有注意到那個推着輪椅的女子，目光裏一度流露出的幸福、自信的目光。

女子也許會想，我們坐在輪椅裏的小女孩，也可以健康成長。生命力就是這樣，如果我們不畏懼，就可以把握住。

十一

那一刻的風雲突變，大大出乎推着輪椅的女子的意料之外。別說是小女孩行動不便，就是一般健全的遊人，遇上這樣的天候，都要驚慌失措。

當時園內遊人稀少。除非是週末、公眾假日，要不然，平日裏，像女子和小女孩這樣有閒情逸緻的遊人，其實不多。

那天近黃昏時分，母女倆是去欣賞小公園裏的景色的。極似在薄暮裏，一盞燈突然熄滅了，天地間立即昏暗了下來。昂頭看時，天空已經烏雲

飛舞的雨水，不斷拍打在玻璃窗上，女子望着酣睡中的小女孩，很害怕玻璃窗會因狂風吹襲而爆裂。

雖然看不見，女子卻一直想像着小葉欖仁在狂風中，像害怕得渾身亂顫的孩子，猛烈而狼狽地搖擺。這些小樹，在這樣的情況下，真的找不到援手，除了頂住，還有甚麼辦法呢？女子黯然地想，人的一生，除非有很足夠的保護網，不然，都難以逃避類似的時刻。女子很相信有關「叫天天不應，叫地地不靈」那種人間困境的描繪，最真實不過。

雨過天晴的第二天，下午，女子推着小女孩到小公園去，好像去探問災後的朋友。沿途已是滿目瘡痍。母女最心掛的小葉欖仁，一棵又一棵東歪西倒，可以想像，它們在風暴中，受到了怎樣的蹂躪，被烈風拉扯着，旋轉着。但小樹是聰明的，知道敵不過強橫，就順勢倒在地上，避免進一步受傷。

最叫母女感到震撼的，是公園裏攀附在鐵欄河上的大樹，竟連同樹根纏結在一起的泥水塊，一起掉進了海面，佔去了一大片海面。鐵欄河上的鐵枝，因為受到不可思議的力量的拉扯，已經移了位，情景簡直叫人心悸。

女子看得明白了。要是鐵欄河獨立存在，再強的狂風，也休想撼動它絲毫。攀附在鐵欄河上的大樹，要是獨立存在，在這樣當風的地方，極有可能也會被連根拔起，因為大樹不容易似小樹，可以隨時倒下來 ，保住生命。但，誰知道呢？獨立存在可能還有一綫生機。但鐵欗河跟樹纏結在一起，就難逃厄運了。狂風撼動不了鐵欗河，卻一定撼動得了已生長得相當大的樹。樹跟鐵欗河已成一體，動彈不得，只能任由狂風摧殘，大自然實施的酷刑，又是人間難以比擬的。

女子想到這裏，已眼泛淚花。一定得讓女兒獨立，像小葉欖仁那麼獨立，自己哪有可能成為她一生的保護者呢？保護她，在某些極度惡劣的環境下，反而會害了她。

怎麼讓女兒，可以像小葉欖仁那麼堅強地獨立呢？

倒下來看來是失敗了，但是在最惡劣的環境下，倒下來其實是保護自己的最好的方法。只要保住自己的生命，就有生機。

真的愈想愈覺得可怕，原本是大樹保護神的鐵欗河，卻變成了繩索，牢牢把大樹綁住了，完全脱不了身，無法憑自己的意志和方法求生。可以想像那種慘烈的境況，大樹被不斷旋轉的狂風拉扯着，前後左右，上上下下不斷擺動。狂風的肆意摧殘和大樹脱不了身的痛苦掙扎所發出的巨響，一定是驚心動魄。

如果連鐵欄河和這樣堅強的樹都倒下了，那麼生存下去的力量，需要有多大呢？有好長一段日子，被吹倒的大樹躺在海面上，沒有工作人員去收拾，應該是善後的工作，難度太大了。

不過很快的，工作人員不知用了甚麼方法，把倒下的小葉欖仁的樹身拉直，顯得比以往更加挺拔。

看上去，小葉欖仁像一群活潑、純真、可愛、開朗的孩子，十分像剛才還因頑皮而挨母親打罵，可是抹過了眼淚，就把甚麼都忘得清光了。這就是孩子的天性，孩子不容易被挫敗所傷，只充滿了不斷成長的強烈慾望。儘管它們曾被颳得彎了腰，倒了下來，卻以更強的生命力，用日漸茂盛起來的綠葉，向途人打招呼，遠遠望去，就像天真、親切而充滿憨態的笑容。

一個黃昏，女子看了這些小葉欖仁的模樣，不由得眼眶濕潤了起來。

這是另一種形式的強大生命力，更加動人，叫人看了更加賞心，更加震撼。

十三

晴朗的日子，女子推着輪椅，帶着女孩到小公園裏來散心，對小女孩說悄悄話的慾望更加強烈了。她想把自己有關生命力的啟悟，對女孩說說，但她還沒有人生經歷，如何聽得懂呢？女子自己也還沒有完全消化，太急切於把這一番大道理講給女孩聽，必然說得不大有條理。

不要緊，就把自己原意是要說給女兒聽的這一番大道理，當是說給自己聽聽吧，自己也是需要鼓舞自己，才能鼓起自己的生命力。

縱使是那麼一棵堅強的樹，也會因為不可預測的大自然的力量，而倒了下去。但它的倒下也是轟轟烈烈，驚心動魄的，展示着它無比強大的生命力，引來了無數敬佩又惋惜的目光。孩子，你親眼看到了，也聽到了，每天有多少走到它倒下的地方，都會發出歎息的聲音。

它也是度過了很多日子的，有過很多歷練，也是從一棵弱小的樹，成長了起來的。人們敬佩的就是它的那份堅強，它遇上的厄運，不是它可以控制的。

樹生存於海畔有多少歲月，就頂住了多少歲月的風浪。樹的命運是這樣，因而也就培養出它的堅強。但它不幸遇上了特大颱風，頂不住了。但頂不住，並不代表樹沒有努力過。

凡是樹，生命力都具有難以想像的韌力，是無限的。你看小葉欖仁，如此幼嫩，樹身都被颱得倒了地，彎曲了，經過工作人員的幫忙，又挺直了。孩子，你不是也留意到了嗎？你是親眼看見它們被種植到這裏的，經受有情和無情的風雨，已長得這麼高了，你看到了它們的生命力了。

作為人，時常也會有樹一般的命運。以後，你也可能遇上像樹一般命運的人。譬如，在城市尋常日子裏，生活在安全地方，似乎歲月靜好，有些人卻限於自己的條件，為了謀生，雖然很不如意，處境難堪，卻難以轉換工作。也有的人，確實可以「東家不打打西家」，因為他不是樹，可以到處去。然而「天下烏鴉一樣黑」，找到的甚至比起原先的還要惡劣。這就是人間生活裏的狂風暴雨，比自然界裏的風雨來得更為淒厲。很多人，就像小葉欖仁，躲都躲不掉的。人間的風雨更加頻繁，更加殘暴，很多人被吹倒了。但無論怎樣，日子總得繼續過下去呀！倒下了，縱使滿身傷痕，都得再站起來。

這就是每個人都要學習的本領。縱使受傷了，都要像小葉欖仁那麼開朗面對。

不要怕，畢竟是人，人是有意志的，所以，作為人，我們可以培養自己的意志。女子苦笑了一下，她這番話，要是說給小女孩聽，她怎麼可能聽得懂呢？但是她會成熟的。成熟了就會懂。

小女孩成熟了，小葉欖仁也會長得很高很高了，也更茁壯了。小樹會陪着小女孩成長。女子有時會覺得自己這樣自言自語，是心態失衡的表現，不是好的現象。有時卻又想着，生活有時真的需要自己編造一番話，來激勵自己，自己邁出的腳步才會更有力，更穩健，不易跌倒，才能到達終點。

現在小女孩不懂不要緊，我懂就行。我先努力，讓自己先堅強起來。做女孩的鐵欄河。但生活裏必定會有我們預測不到，控制不了的超級風暴，我可不能把她死死綁在我身上，我跟女兒都得作出應有的準備。我們要做人生的防風措施，而且，要有意識，做這樣的準備，比起誰來，都要更充分，疏忽不得。

這個女子心裏這樣想着，臉上的愁容消失不了。但沒有愁容也不算是個好母親。

十四

人生可以分為很多階段，每個人都可以按照自己對人生的理解或要求，分為每三年，每六年，或者每九年為一個階段，或者每隔……

共同點應該是，每個階段都很重要，環環相扣，某個環節掉了鏈子，都會嚴重影響到下一個階段。

類似的想法，或許都會在每個人的腦海裏浮現過吧。

不知過了多少時日，在一個下午時分，女子推着輪椅在街上行走，發現那個男人，帶着曾經在他的懷裏成長的小女孩，上完幼稚園班，回家途中。

街上最常見的一道風景，家長把小小書包挽在手裏，一手牽着孩子回家。幼稚園學生總是天真爛漫的，由慈祥的祖父母或父母來接放學。

女子想，她親眼看到這個女嬰的成長過程，已經安然度過了她人生的第一個階段。現在，她的第二個人生階段開始了，過程看來也不會容易。

女子多麼希望，多年後，又會看到長高了很多的小女孩，臉上依然綻開燦爛的笑靨，可能是另有一番韻味的憨態，吸引着父親慈愛的目光。

這樣的祝福會是很實在，還是很虛幻呢？有一點是可以肯定的，希望的存在，也是光亮的所在。人的心裏，總是需要有點光亮。

人生是個連續的過程，縱使今天是晴天，下個日子可能就是陰天了。但做人應該保持樂觀。保持樂觀確不容易，那就需要多點勇氣，堅韌。

女子又想起了她曾經見過的一幕：某天，也是在小公園裏，一個二十來歲女子手牽着一個約三、四歲大的男孩，走着路。男孩興高采烈地向母親說些甚麼，母親卻只是神態木然，有點呆滯，像是迷失般的只顧向前走。應該是全然沒有聽到孩子向她報告甚麼喜悦的事。她完全被自己的滿腹心事淹蓋了。這應當是母子之間最快樂的時光，她卻失去了。

女子突然想起，這位母親很面善。好像是在甚麼地方見過。然後她想起來了，不是就在這個小小的海濱公園嗎？她就是在小公園來回散步的孕婦之一。女子記得了。她是個笑口常開的女子，難得在小公園散步的那段懷孕的美好日子，是不是她人生裏最快樂的時光之一？

人生路上，是難免有風雨的。女子真想趕上前，對這位年青母親這樣說。

女子又想說，人生難免會有失落的時候，但你有這樣一個天真可愛的，很願意跟你談天的小孩子，就是你美麗人生的重要一部分了。

十五

女子想，小女孩也應該有自己的一輛輪椅了，電動的。她得開始去學習走自己的人生路了。女子知道這是一條更加難走的路，卻是無法避免要走的路。女子已利用了每一個機會，讓小女孩明白這一點。

為甚麼小小的海濱公園那麼特別讓人感受到生命力呢？因為它像是生命的培育室，也像是生命的教室。小公園給大家的，就是一種生生不息的感覺。

生死不渝

我記得那個明媚的秋日下午，在海濱公園首次見到他們。一男一女，各自坐在電動輪椅上。面積很大，遊人很少，輪椅行走速度很快，遠遠看去，就像一對飛翔中的比翼鳥。坐輪椅的人通常都十分孤寂，難得一見現在美麗而溫馨的景觀，看了，心底裏泛起了一陣莫名愉悅的感覺。

退休後，我已成了這個海濱公園的常客。固然是因為退休老人沒有太多好去處，也是因為公園的景致委實很美。長長的海岸線，日出日落的美景都可以飽覽。

很快我就發現，這對輪椅鴛鴦也是公園常客，對他們的印象就逐漸深了。原來女的並不須要坐輪椅。有一次他們到一條長板凳前，女的站起來，離開輪椅，動作利索，倒是要勝過我很多。當時我有一陣子驚愕。

一對老夫老妻，頭髮都斑白了。女的還算硬朗，男的卻真可以說得上是衰敗了，明顯是個分分鐘需要有人在旁照顧。令人驚訝的是，女人顯得很開朗，竟然能夠時常綻開愉悅的笑容，特別是面對微風輕送的海景。她的潛台詞好像是：此生再好不過。

大概就是她的開朗的笑容，我才有膽量接近他們，並逐漸跟他們熟稔了起來。

男的應該曾經也很健談，只是抱病在身，明顯是有心無力。然而即使是病弱，仍然掩不住昔日豪爽粗獷的輪廓。

他說，大部分時間都坐輪椅，走幾步路，都會氣喘，而且經常咳嗽。

「我的鼻孔總是要夾着輸氣管，因為呼吸不順。我每天都要噴幾次擴張劑，為的就是擴張氣管，幫助呼吸。」

「到底是甚麼病？」

「塵肺病。」

「工作環境造成的嗎？」

他的身體輪廓，也顯出他曾很強健。

「對，我有好一段時間，做手挖沉箱。你聽過手挖沉箱嗎？這種工種現在被禁了。試想一想，如果有一種工作被禁止，那是多麼危險，工作環境是多麼惡劣，你可以想像得到嗎？」

「難以想像。」我衷心地說。

跟這對歷盡滄桑的老夫老妻斷斷續續的交談，逐漸對「手挖沉箱」這種工作，有了最基本的了解。

也許這位塵肺病者跟我交談時，勾起了他很多回憶。有一天，他說，如果你一定要問我那個時候的生活、工作狀況，那麼我的人生裏，有過這麼一天，已可以把我的很多情況概括在內。

我早已知道，很多平凡人過的就是單調的日子，歸納起來就像每天都在過着同一個日子。這也不要緊，問題是：日子是苦澀不堪的。

聽着塵肺病者零零碎碎的敘述，面對的是美麗海港，我不禁感慨萬分。以前並不是沒有感慨，只是這次感慨，更加具體些。

我們的城市，已是當之無愧的亞洲國際都會，愈來愈風光無限。地鐵、會展、無數的宏偉建築物都建設起來了。入夜後，各種霓虹燈光亮起，要是遇上每年幾次的煙花匯演，東方之珠就更加璀璨了。這些宏偉建設，一定有從事手挖沉箱工人的一份功勞。只是，至今，有誰記得這些在漆黑無邊地底工作的，後來變成了塵肺病者的工人？

我眼前這位塵肺病者談起他的工作，有種打工仔常有的謙卑。對社會作出很大的貢獻？謝謝，我也是第一次聽見人這樣説。老實説，要不是迫於生活，百般無奈，也不會做這樣危險的工作，我的出發點不是為了貢獻社會，我們小人物，哪裏知道這麼多大道理？危險？哪裏不會知道這個工作，就像一把刀懸在頭上？只是一家大小幾口，都要吃飯，上學。我沒有學歷，沒有技術，做其他工作又沒有這樣高人工，也就一天一天的做了下來，沒有人強迫我，是我自願的。終於，塵肺病找上門了。很多職業，都有各自的職業病，釀成了悲愴人生。

我把塵肺病者所敘述的工作、生活狀況，概括成這樣一個日子，叫人哀傷的是，這樣的日子重複，又不能擺脱。

我還記得，那一天我爬進沉箱之前，偷偷地望了妻子秀娟一眼。每一次我爬下沉箱，秀娟都會用很溫柔的聲音説了聲「小心呀！」，就像戀愛和新婚燕爾時常用的甜蜜語氣。而我，做慣了大男人，最多也就只稍稍點點頭回應，就算了，就會開始往下爬。但這一次卻不同，我打算向妻子説一聲對不起。平時是很難説得出口。但這一次，我強迫着自己這樣做。

秀娟低垂着眼瞼。看到她的表情，不知怎的，一股寒意就自心底裏升了起來。我歎了口氣，把頭仰高，看了看藍天，那天的天氣好得出奇，陽光很燦爛。老天爺都可憐我了，我想，要是老天爺再不給我一點好的臉色，我在下井前，已不知道這一天該如何度過。

妻子雖然低垂着眼瞼，不想跟我眼神接觸，可是內心也跟我一樣翻江倒海吧。看她臉上的表情就知道。她不是個善於掩飾心情的人。一點點的情緒波動，都可以反映在她的臉上。她的臉上，現在就是一副憂心不已的神色。也許更貼切一點的說，她的憂思就像一塊重重的鉛塊，掛在她的眼瞼上，使眼瞼低垂了下來。

可是，當我往沉箱剛踏下一步，就聽見秀娟以她一貫的溫柔聲音說：「不要想那麼多了，小心呀！」

我的步伐就停了下來了。

我抬起頭來，只看見一小塊藍天。我感到我的喉嚨像是被甚麼塞住了，想說話，卻感到那發出來的聲音必然是會哽咽的。但是我必須把這句話說出來，於是我就極力調整着自己。

「秀娟，好對不起你。」

然後，我繼續往井下爬。

我聽到井上傳來低低的啜泣聲，我呆了好一陣。

我腦子裏突然冒起了一個不祥的想法，要是有一天我遭遇不測，為我哭泣的，也就是這種聲音嗎？

對不起，秀娟，你嫁的不該是這種朝不保夕的男人。

爬下沉箱，感覺就像進入黑暗的無底深淵。實際上，我做過最深的沉箱，就有一百七十來呎。還有更深的沉箱嗎？我不知道。

到了開工地點，我一定先把豬嘴口罩戴上。然後，彎下身來，開始用鏟挖沙泥。建築知識我一無所知，只知道身在沉箱，任務就是不斷地把沙泥挖出來就是了。

挖出來的沙泥裝滿了泥桶，就會搖一搖跟泥桶相連的鍊子，示意地面拍檔的女工把桶拉上去，女工就會按機器鍵，把泥桶拉上去，把泥桶裏的沙泥倒空，再把空桶放下。

沉箱愈深，井架就愈黑暗，因而井架每隔一段距離，就要設置一盞燈，這樣，井下作業的男工和地面拍檔的女工，有需要時，可以靠手勢來溝通。

地面女工工作輕易，但我們做沉箱工作的人都知道，找一個熟手而又小心的拍檔很重要。

做手挖沉箱工作的，危機四伏，關於這一點，你聽我不斷強調這一點，都有點聽厭了吧。我就講一個你比較容易了解的危險例子。曾經發生過這麼一次意外，因為地面工作的拍檔一個不小心，竟讓一塊六呎多長的木板掉進井下，木板上還有釘子，直插井底的衝力，極有可能會擊斃人，當時的沉箱只有四呎來闊，擊中人的機會極大，井底沉箱裏的工人本來彎腰幹活，用鏟挖泥沙，突然聽到地面傳來哇的一聲驚叫，知道有事，立即閃避，但還是不幸被擊中，只是傷勢不那麼嚴重。

你說，做拍檔，還會有哪一個，比妻子來得更小心呢？只要有可能，都會選擇妻子來做拍檔。妻子秀娟，就這樣成了我的拍檔。

意外隨時發生，譬如泥桶，倒沙泥時，一不小心，泥桶掉了下來，事情就可大可小。

我跟秀娟做夫妻，最是艱難。貧賤夫妻原本就是百事哀，我們比起任何一對夫妻都更可哀。大概找遍了整個世界，也不會有像我們這樣可哀的夫妻了。

我問你一個問題，你大概就可以明白了。世界上最恩愛的夫妻，也有吵架的時候吧。可是我們夫妻心裏明白，我們絕不能率性而為，即使心裏有不痛快事，也盡量屈在心裏，別讓對方知道。但把不愉快的情緒深藏在心裏，並不表示這樣的負面情緒就不存在了，於是就像有一枚炸彈，埋藏在身邊隨時都會爆炸，萬一真的爆炸，真可能會粉身碎骨。

知道危險，但我們拆不了，因為炸彈是我們自己埋下的。而且，還不斷地把火藥塞了進去。不論我或她，都不止一次考慮到，這樣一份不要命的工作，不要再做下去了，再做下去是不會有好後果的。不要做下去了，我們就可以痛痛快快地爭吵一場，把所有的怨懟都發洩出來。就像所有為生活所苦的普通夫妻那樣。

但有一隻更有力的手，每天都把我推向沉箱。那是一隻生活壓力的手。即使是合我們兩個人的力氣，也不能把這樣的壓力推回去。

關於生活壓力，我也不想多說了，生活在同一座城市，一般人承受的壓力都差不多，多少是可以了解的。

當我心底裏發悶，忍不住脾氣要爆發出來的時候，我就會像一個影子般，走出家門，不驚動任何人。

我總是走到海港畔。比起我在不見天日的地底工作，展現我眼前的，真的是海闊天空了。我總是把頭高高抬起，手裏拿着一罐啤酒，慢慢地呷着。望着天空，我慢慢就想明白了，一個注定一生見不到天日的人，就該一切都一片漆黑，早已連累了家人，哪裏還有甚麼資格去亂發脾氣呢？

從外面回來，我就一頭鑽到牀上，感到不再有甚麼顏臉去見任何人。

我知道，當妻子感到委屈的時候，她不能借酒消愁，她也不能到外面走走，只可以淚水來發洩她的情緒。

做我的妻子是不幸的。

死神隨時籠罩着我們，當我們一進入工作的範圍內，就要把所有情緒都收拾了起來。很自覺地，幾乎是本能。

我們手挖沉箱工人，見沙泥就挖沙泥，碰到石排，就用風鑽去鑽石排。這是更費體力的工種。

打石的工作，我是做過的。因為有了這樣的經驗，我才更有資格做沉箱工作。

我跟你說，我們手挖沉箱工人，經常都是被生活驅逐而入行的。

那時我們窮家孩子，小小年紀就出來做事了，也沒有甚麼童工不童工了，總之到了能夠賺點錢的年紀，就出來做了。我的第一份工，就是到酒樓當工人。那時，每日起碼做十二個鐘，全年只有一天休息，就是九月一日的酒樓節，這種工作很困身。

也曾到山寨毛織廠做學徒，製衣廠的工作都是以件計薪，這是當年老闆精打的算盤。趕貨的時候，讓你通宵達旦為他們賣命，到了淡季的日子，也不必為養着一大批工人而煩惱。

一個人長大了，力氣也大了，只要是有機會，一定去做更費體力，但人工更高的工作。

生活就是這樣，把一個出路不多的人迫向死角。

我就是這樣，到石礦場去謀生。

打石經常要望天打卦，落雨就無工開。打石極需要體力，但是在打石機械化之後，做長期散工的工人就要自備大量打工工具。時常要帶個偌大的軍用袋，往還於不時轉換的地盤。用來逼爆大片石頭的工具，叫做豬嘴鎚，共二十六磅。天天帶出去，每晚又帶回家。

打石工作帶上過重的工具，當然疲累不堪，加上長途的交通接駁和日常工作，我們這一行的勞累，實非外人所能想像。

散工多勞多得，為了在最短時間內完成最多工作，就會不自覺地打拼起來，造成肌肉勞損，膝蓋也受傷。

做石礦場，跟建築這一行就開始有了關係，因為人工高，我也就開始進入手挖沉箱這一行。

我只貪人工高，想不到這為我的餘生，遺下了極大的禍患，我該怎麼說呢？

我們做手挖沉箱的，身處的惡劣環境，是外人難以想像的。

不知道你有沒有遇上這樣的情況，惡劣的工作環境，只要稍為改善，都會引起處於這種環境的人的無限感激。

想起這樣的事，我就很傷感。

我有個工友，叫李萊的，有一天眉飛色舞地說，沉箱裏開始有抽風機器把鮮風打入，為手挖工人提供新鮮空氣——有風吹，不知幾爽。當然是天大好消息，但我們已習慣了那麼卑微地做人。

新入行的，不知沉箱的陷阱。

在沉箱裏工作，也就是整天跟沙泥打交道。沉箱跟密室其實也差不多了。在那麼狹窄的空間，不斷挖出來的泥土，難免會形成微塵，隨着工作時間的漫長，愈積愈多。工人勞動力大，呼吸就大，吸入的微塵就愈多。長年累月，吸入的微塵可以計數嗎？

那一天，我開動了鑽機，鑽機的鑽頭剛碰到石排，石粉就飛濺出來。過了一陣子，我已感到呼吸開始不那麼暢順了。我相信石粉已經濺滿了面龐和整個身體。

我時不時都要停下來，抹抹臉，清一清鼻孔。其實我也很清楚，雖然這樣做，也不會有甚麼實際的幫忙。只要我一開動鑽機，石粉就會像落雨一般，把我濺得渾身都是。

我們得到的安全保護，真的是微不足道，一個卑微的工人，健康就不會受到重視，不然怎麼會有這麼多的塵肺病者。人工多了一點，為了錢，你去搏命吧。我們從事手挖沉箱的，到了開工地點，一定先把豬嘴口罩戴上，這有用嗎？

我們做手挖沉箱的，隨時都要小心這個，小心那個。自保自救的意識，隨時都要保持。我們都知道，即使是在那麼狹窄的地方，也不可以在同一個地點站得太久，一定要常提起腳來，挪到另一處，否則會泥足深陷。萬一真的遇上泥沙突然上湧，腳被泥黏着，就來不及拔足逃生了。

泥沙突然上湧，是我們聞之色變的一種意外，這就像行船，遇上了超級風暴。當然，我從來沒有遇過，但只要是遇上一次，在那種孤絕的環境下，逃生的機會能有多大呢？

我們做手挖沉箱的，甚麼環境的地盤都要去。一些填海地方，沙泥較為鬆軟，浮泥就特別多，水漲時浸水和崩塌的危險就更加大。曾有工人在填海地方的沉箱工作，被水沖走，再也找不回來。

我現在跟你講述的這一天，我的心情特別沉重，總好像有甚麼不祥的事，隨時都會發生。很可能因為知道這一天的工作，需要動用鑽機鑽破石排，體力會消耗得很厲害，影響到情緒。但仔細想了一下，確實是有心事，懸在心頭。

這一天，從早晨醒來，這件心事已在我心頭，放不下。我想對秀娟說一句對不起，也是為了把心事說給她聽。其實也不必說給她聽的，她原本就是個做事都比別人謹慎的人，絕對不會讓自己在工作中出錯。但是，我依然覺得，說了出來比較安心些。

我想對她說，今天要鑽石排，因而，裝了石塊的泥桶吊上去時，處理就要特別小心，但我一直沒有機會說出來。老實說，我的確有點擔心。

我們沉箱工人因為時時刻刻處於危險之中，心理上都蒙上很大陰影，不免就有了種種禁忌。我們早晨喝水時要是打翻了水杯，那一天就不會上班了。早上看到女人梳頭，也不會返工的。男工都會叫妻子早點起牀，等妻子梳好了頭才起床。

心裏經常覺得很苦。說是做沉箱工人，不但要有氣力，而且還要有膽色，好像是讚美從事這一行的人，其實是騙人，有誰不是擔着一頭家累的？有了家累，就甚麼都灑脱不起來了。

做這一行，意外隨時都可能發生。地面有東西掉下而沒有空間走避；泥沙突然塌下把人埋住或困住；地底通風不好而吸入有毒氣體；突然湧入地下水淹沒工人……。下到了沉箱，命運就不是自己可以掌握的了。

這一天收工時，我打着手勢，讓秀娟按機器掣把我吊上去，我看見秀娟一直低着頭望着我給吊上去。當我的眼神跟秀娟的眼神接觸時，我發現她的眼眶紅紅的。

這一天終於安全度過，好像是撿了一條命回來。心情有種異樣的輕鬆。這種工種後來被禁，證明我們的憂心都是很真實的。

原來，這一天，發生了一宗意外。我在沉箱不知道，而在上面的秀娟知道，其他手挖沉箱的拍檔女工從井下吊一桶石塊到地面時，一時貪快，過早拔出安全塞，結果整個桶反轉，石塊一一掉進三十米深的井裏。

石塊掉了下來，那位工友受了重傷。

昨晚，我跟秀娟吵了一場小架。對其他夫妻來說，這應該是小事，不大會放在心裏。對我們而言，卻是大事，要極力避免的。所以我才那麼在意跟秀娟說句對不起。

比起隨時可能發生的重大事故，這當然是小事。但小事影響心境，又隨時可以釀成大禍。

我因為有了妻子秀娟做我的拍檔，加上我命硬，總算避過了大災難。但是，不論我怎樣防範，也無法避免罹患嚴重矽塵病。現在我只能這樣過日子了，大部分時間都只能坐着，多走點路都會氣促得很厲害，呼吸困難。現在我無時無刻都帶着氧氣筒，輸氣管插鼻，手指頭經常都要夾一個血液含氧量的測標。

我們做這一行的，很多肺功能都喪失得很厲害。發病時很辛苦，不斷咳，喘氣，像是金魚在魚缸裏，死前反肚在水面，不停掙扎吸氣一樣，嘴巴一張一合。

是上天對我們這群人真是太殘忍了，抑或純粹是人間自己造成的？是人造的大悲劇？！

我要感謝的，是一生與我患難與共的秀娟。她吃了很多苦，而現在，起居飲食，我也是全靠她的照顧了。我想，來世再跟她做夫妻，我真是求之不得，只是，今生拖累得她太多了。

要不是秀娟，我哪有機會出來欣賞美景呢？我更適宜坐在家中，等待死神的來臨。我長年累月在地底工作，現在看到這樣明朗的海闊天空，反差實在太大了。這個世界，到底是黑暗無邊的世界，還是明媚無限的美麗世界？哪一個才是真的呢？

但有秀娟在我身邊，我知道，是再美好不過的了。雖然有輪椅，但出來一次，像我這樣病重的人，都是百般不方便。但秀娟說，縱使千般困難，只要是美好的東西，就值得去追求。

我現在是多麼依戀和暖的陽光，清爽的空氣，無限好的斜陽……

我這個聽故事的人，極力去搜尋有關手挖沉箱的資料，所得無多。或許這確實是已消失了的行業。這種如酷刑一般的職業，不如盡快把它忘記了吧。

全面禁止手挖沉箱的法例在一九九六年通過。

為甚麼要用手挖沉箱？

找到的資料是這樣描述的：用機械打樁，機器好貴，又做得慢；人手平，又做得快。例如要打三十條樁，如果用人手挖，就請三十個地底井工，三十個地面女工。一部打樁機同一時間只能打一條樁。如果地盤要打三十條樁，要打很久。人手半個月就可以起貨，機械要打半年。

沉悶的數字，變得很生動。

而我這個聽故事的人的情緒，即使面對已如此遙遠的歲月，也是如此黯然。我不知該對這對老夫老妻說些甚麼。

用「生死不渝」，恰當嗎？

這對遙望像是神仙眷侶，近看才知是如此為生活艱苦掙扎的夫妻，確曾給我「生死不渝」的浪漫感覺。這「生死不渝」四個字，是在他們那極致殘酷的境況裏，唯一能讓我感受到的真善美。

白頭偕老

一

郭老和郭老太散步的身影，成了我們這一地區一道很美麗動人的風景，叫人看了，總有眼前一亮的感覺。

郭老牛山濯濯，郭老太卻依然擁有一頭雖已稀疏卻仍然烏亮的頭髮。郭老天生慈眉善眼，祥和穩重，而郭老太，無論何時見到她，總是一副活力充沛的愉悦的神態。

老夫老妻在身體和精神面貌都確實不同，配搭起來，卻沒有給人違和感，總是自然流露出來的恩愛，讓人覺得，神仙眷侶的美好晚晴，也不過如此。

曾經發生過一件同樣動人而美麗的事。

下着微微細雨的日子，撐傘的總是郭老，為了避雨，郭老太就順理成章小鳥依人的把頭靠在郭老的肩膀上。

郭老太的短髮披散在郭老的肩膀上，遠望去，也有一種鬱鬱蔥蔥的感覺，就像一場無論是大抑或是細的雨，都可以帶來一個生氣盎然的春天。

有一天，有對年輕男女停在他們跟前，笑瞇瞇地說：「你看你們是怎樣拍拖的。」

說着，拿着手機給他們看。

手機拍的是一對男女的背影，但一看，就知道拍的是他們。

也是一個下着微微細雨的日子，撐傘的也是郭老，傘的大半，都遮郭老太身上，郭老的身體，一半露在傘外。

女孩笑着問：「一把傘怎麼傾斜得這麼厲害，是風吹嗎？還是手有問題？」

「還是心有問題？」男孩用手摸了摸了心口，也笑了起來。

想不到一對年輕男女，會對他們開這樣的玩笑。

老夫老妻都笑了起來。

「太浪漫了，自拍是拍不到的，這麼一張珍貴的照片，如果你們喜歡的話，我傳到你的手機吧。」

二

熟悉郭老和郭老太生活細節的人說，為人幽默和樂觀的，是纖弱的郭老太，經常會用纖纖玉手輕撫郭老禿光了的頭頂，笑說這就是叫人留連忘返的風光明媚的地中海。

郭老太僅僅為了郭老頭上的一片荒蕪，就顯出一副掏心掏肺的陶醉，就足以叫人看了心動。大概是，頭頂不論怎麼荒蕪，都是一生經歷所留下的印記。多少艱難困苦，都記錄在其中，只有知道了這其中的來龍去脈，才會產生刻骨銘心的感覺。

而郭老太，是郭老一生的見證者。她欣賞丈夫的刻苦，堅忍的個性。郭老太更加難能可貴的是，她懂得由丈夫的遭遇而推及他人，更加深深體味世途艱辛，更加懂得憐憫的價值，因而郭老太時不時不知不覺流露的那份慈悲，是誰都可以感受到的。

郭老和郭老太備受敬重，當然與此有關。

三

人是會受到身邊的人和事的影響。

我就是其中一個。

我的白髮逐漸多了起來，有時梳理了一、二下，幾根白髮就會飄然落下，就像秋天裏的落葉。但我已經沒有了初見白髮時的惶惑，也許郭老真的給了我啟示，白髮真有種讓人心動的美。

白髮可以很具體地顯示一個人泅過波濤洶湧的生命之海的艱難，說它是一個人一生的成績表，也是可以的。一個人正直而艱難地生活着，不管困境如何都堅持自力更生，不做傷天害理的事，不就是一種美嗎？

也是因為郭老的牛山濯濯和郭老太的幽默，讓我想着人世間真的會有一種夫妻，他們即使在人生最艱難的日子，也能心平氣和地互相扶持着捱過去。

這類人大概都不會是享有高薪厚職的人，一生也就是餐搵餐食的市井小人物吧！這樣的人的一生，很像在推着一輛負載沉重的車，有時走到斜度很大的路面，暴雨又下起來，路更滑了，以為再也熬不過去，他們會暫停下來，緩一口氣，互相安慰，別慌，總有辦法的，然後一步步地挪了上去。等到上了坡頂，也沒有甚麼風景可言，他們卻覺得最美麗的風光已經展現在眼底。

郭老和郭老太，就是這樣，散發着一種堅韌的而又從容不迫的魅力。

不論是郭老的牛山濯濯抑或是郭老太的笑容，都有這麼一種力量。

這就是感召力了。

生命力就是最大的感召力吧！

郭老的身體要不是後來出了嚴重毛病，縱使這對老夫妻的身影再美，留在人們的心裏也斷不會那麼悠長。

四

自然界要是也有晚晴的話，極可能是以每一日來計算的。譬如太陽，月亮。我們心裏憧憬的晚晴，是如詩如畫，像太陽，月亮。

殘陽如血，染紅了大半個天邊。要是我們正處於一個寧靜的環境，譬如，清風輕拂的海畔，整顆心都會溫柔了起來，感到一切都無限美好。

但太陽和月亮也會遇上漫天風雨的時候。

人世間的晚晴，也會遇上不好的時候。

人老了，身體就變得脆弱，疾病的侵襲，就會變得肆無忌憚。這樣的晚年，也就不能說得上是風平浪靜了。其中最不幸的，應該是那些勞碌一生，病魔纏身的人。令人哀傷的是，一生愈勞碌的人，愈容易被病患折磨得痛不欲生。

那麼，人生恐怕就要這樣來理解，心情才會覺得好過了些——真正渡過苦海的人會想起，即便是在最困厄的環境，也有一個摯愛的人在身邊，互相扶持。在漫長的過程中，也一定會有、哪怕只不過是一點一滴的，歡樂時光。

這樣的人生，回想起來，就會無憾無悔，心安理得，還會為這過程中，無數的互相關愛而滿心歡喜。

這樣看人生，就會對那些自己根本防範不來、突然降臨的不幸，從容面對，而不會束手無策，驚慌失措，或過份地怨天尤人。

這樣的説法，是不是變成了招人討厭的大道理，空洞而不切實際？

街坊從郭老和郭老太身上，逐漸領悟到這方面的道理。

郭老沒有不良嗜好，不煙不酒，飲食正常，經常做些適合他的運動，身體尚算健壯。可就是在一種毫無心理準備的情況之下，他在腹股溝發現小硬塊，從最初的不着意，到逐漸感到有壓痛，經檢查結果，是患上了淋巴腺癌。

上了年紀的人，哪裏經受得了太大的病魔的折磨？在入院接受治療後不久，郭老已瘦了幾圈。

頭髮經過化療等療程，連僅剩的白髮都掉光了。

郭老卻是樂觀的。妻子來探訪，郭老還會用很淡然的語氣逗她笑說着：「恐怕這是最後一個關頭了，也許這個關頭真的是捱不過去。病魔為了取得勝利，是很懂得選擇目標人物的。管不到它了。」

五

變化得最大的，卻是原本爽朗樂觀的郭老太。

郭老患上頑疾後，晨運時他們的身影不見了。偶爾在路上遇到郭老太，平日爽朗的笑容換成了愁容，步履也由以往的輕快，變得沉重了。

最顯著的卻是她頭髮的變化。

烏亮的頭髮頓變灰白，想來應是叫人心碎的過程。親人被癌魔纏擾，情緒會受到多大困擾呀！

郭老太頭上湧現的白髮，就像曾經跟黑髮，進行着一場觸目驚心的拔河大賽，黑髮在節節敗退，而且輸得那麼快，又是那麼徹底。

過不了太長時間，郭老太的頭髮竟然全都灰白了。

可是變化的過程，應該也會叫人看了感動，那過程是一種最深沉的情和愛的表現。不是嗎？夫妻之間的摯愛有多深沉，才會這樣！

人們會想，一生經歷了多少挫折焦慮，也都熬了過來。怎麼不到一年的操心，竟然就把頭髮都愁白了？是不是人老了，心靈就更脆弱呢？

也許郭老太在想，老天爺，我們最艱難的日子都熬了過來，就不能像獎賞一樣，給我們多點晚年共同生活的時間嗎？

郭老太想到這裏，一定不免有很委屈的感覺。

這會叫眼淺的人看了，淚水慢慢地漫上了眼眶——郭老太，也別太這樣折磨自己。

六

郭老和郭老太曾是何等優游，自在，快樂。

他們喜歡起個大早，淩晨四、五點到海濱地帶散步。他們尤其喜歡漫步到伸延到維多利亞海港裏的那個很特別的公眾碼頭，倚着欄杆，呼吸着自海上吹來的清新海風。淩晨時分的海港，只有偶然一、兩艘船隻，慢慢地、悄無聲息地滑過被濃重的幽暗籠罩着的海港。兩岸的燈光，就在那幽暗海面蕩漾，既有城市氣息，也襯托出叫人融入大自然的寧靜。

慢慢地，從天邊朦朧中露出光芒，帶着無限生機。這又是一個多麼奇妙的過度？

郭老太曾對人說，用「夕陽無限好」來形容晚年，確是佳句。這是以「日落日出」來形容人的一生。

如果是以二十四小時來計，黎明時分，是不是也可以用來形容晚年的另一種情景呢？黎明是多麼寧靜的時刻呀！老人家最喜歡晚晴的情景，它叫人感受到，縱使一生有過驚濤駭浪的時刻，到了晚年，應該有權享受這份風平浪靜。

七

郭老和郭老太的身影再出現於晨運的行列裏，是在郭老染病兩年多之後。

十一月深秋，是這座都市最美麗的季節，秋涼令人精神爽利，而那氣溫，仍保留着叫人有如沐春風的感覺。

他們身影的出現，再次為這如詩似畫的季節增添一道很美麗的風景。

不僅是因為郭老的出現，意味着他的身體已經有了好轉，也因為他們的頭髮，都有了明顯的變化。

一個老人，那堪兩年多病魔的折磨？大病初癒的郭老，雙鬢白髮沒有了，卻奇妙地煥發出一種劫後的生機，它讓人看到了貫穿一生堅韌的生命力，別有一種耀眼的光彩。而郭老太灰白的頭髮，也顯出了另一種動人的美麗來。

突然，大家似乎恍然大悟，形容夫妻恩愛的白頭偕老，不就是像郭老和郭老太這樣的嗎？

可是過不了多久，郭老太的頭髮雖然比以往稀疏了，卻又烏亮了起來。

大家都不免有些驚喜，也感驚異。但大家都不去探究原因，這不是很好嗎，曾經有過的一道美麗動人的風景，以為會永遠消失了，也不見得有可能會再現，卻奇跡般地再現了。這對大家來說，都是極好的預兆。大清早到海岸晨運，是最好不過的養生之道。郭老會出現奇跡，其他人當然也可以。

會在淩晨時分來晨運的，大多是老人家，也都曾在艱難的日子裏嚐遍了各種艱難的、不如意的滋味。深知一個老人掙脱惡疾的魔爪，很不容易，也很幸運，因而他們都感到共享到一種勝利的喜悦。郭老和郭老太的身影，使他們感到，一個人不論怎麼樣，都要看重，信任自己的生命力。

八

一個人有好奇心，會是一種好事嗎？

一天，我到髮型屋理髮後，突然想起了郭老和郭老太，一時心血來潮，問師傅，在你的生涯裏，有曾見過一夜白髮的事嗎？師傅是個穩重的中年人，他毫不思索，就笑着對我說，這是很極端的事，恐怕很少人見識過吧。我自己呢？懷疑真有這樣的事。

我說，不是真的一夜白髮，而是白髮白得很快，快得叫人覺察得到。

他依然搖搖頭，說沒有見識過。

他補充說，果真有這樣的事，那個人一定是遇上了大悲傷大變故。我平日接觸的都是市井小人物，他們是有無限的小煩惱，但不會有極大的無法接受的劇變。當然，遇上大變故的小市民也有，那必然是遇上了大悲劇。例如，一家經濟支柱，在地盤遇上了嚴重事故，留下了一家大小。

我點了點頭，表示明白。

「這樣的事，時有所聞，日常生活裏發生的大悲劇，令人震驚，但絕對沒有戲劇性，這才叫人心情特別沉重。」

師傅也點了點頭，好一會兒，又說：「我的確碰到過一些熟客，看着他們烏黑濃密的頭髮變得稀疏灰白，但那是經歷了一段長時間，甚至一生的、很自然的變化。看着頭髮這樣的變化，簡直像是看到人生的變遷史，只要是小市民，相似度很大。我就逐漸有了做我們這一行的人的獨特感慨：殘酷的生活是如何慢慢地折磨人，然後把折磨的結果呈現在一個人身上最顯著的地方，那就是一個人的頭。這是殘酷的印記，不論你怎樣剪，也都不會消失了。」

我快口，接着說，但可以掩飾。你們做師傅的總有辦法。

師傅聽了我說，笑了。

他說，不少人為了謀生，為了顯示自己還不那麼老，都會要求把生活折磨的印記掩飾掉，想來，這也是叫人無奈傷感的事。

我說：「我在社會低層苦苦掙扎，認識的小人物倒沒有要去掩飾生活折磨留下的印記。首先是哪有這樣的時間去打扮，再說，哪裏應付得了這麼大筆開支。倒是通常要在鎂光燈前露面的權貴，因抗拒不了自然規律，就要刻意去掩飾了。不是嗎？自然規律是如此公平，對誰都不會開恩，這樣說來，替人掩飾，倒是你們這行一筆很可觀的收入來源。」

師傅聽了我這樣說，苦笑了起來。

「你要這樣說，倒也成理，也是事實。不過，經了你這麼一說，我倒是想起了一個很有趣的老太婆。自從遇上她以後，我就有了新的想法。以前我總是以為一個人上髮型屋，把頭髮美化主要還是為了漂亮，沒有考慮到別的。她卻使我想到，美化也可以是為了強化生命力，至少有這種心理上的作用。」

師傅說，第一次見到她，一頭銀髮，到了她這個年紀，也是理所應當的事。她說要染髮，這也不奇怪。她問，有適合她這個年齡的髮色嗎？不然，就染黑色的。

在她這個年紀的老人家身上，看到了開朗，甚至幽默，憂鬱倒反沒有，我對這位老人家的印象就很深刻。

染了髮以後，她就不再讓白髮露出來，定期都會到髮型室來。每一次來，都指定要我主理。

熟稔了，有一次我問，為甚麼要染髮。

她立即回答說：「我老公希望我這樣。」

我不禁笑了。這樣的回答，也不怕人取笑嗎？

有段日子，她卻不來了。當我再看到她時，她又已是一頭白髮。那時，不知怎地我有種很特別的感覺，她的白髮更灰白了些，有種哀傷的感覺。

你不是問有沒有一夜白髮這樣的事？那時我倒真有這樣的感覺。我問她，怎麼這段時間沒有來染髮，又讓髮色變了。

她只含糊應着，等於沒有回答。

我又問，怎麼又來染髮了。

她倒是很爽快就回答。

「我老公喜歡。」

我說，前一段時間你不來理髮，他喜歡不喜歡？

她卻又不答了。

我聽了師傅的話，笑着說，你叫她如何回答你呢？那是一段很長的故事。

師傅問，你認識她？

我回答，你說的那個她，一定就是我認識的那個她了。

聽了理髮師傅這番話，我把認識郭老和郭老太的過程梳理了一下，特別是有關郭老太的髮色。

我最初看到的郭老太，頭髮烏黑，是會叫包括我在內的很多人，眼前一亮的。一個年紀這樣大的女人，怎有可能頭髮依然這樣烏亮，要是有，只能說是天賜的禮物。這樣天賜的禮物很罕有。何況，郭老太不會是養尊處優的人，也是跟郭老捱過苦日子的，也因為這樣，才會有她今天的氣質和精神面貌。

郭老太的髮色，也像很多年紀大的女子，變得灰白了，然後讓理髮師傅給染黑了。然後，有一段時間，郭老太不再去染髮了。那是郭老患了癌症治療期間。她哪有心緒再去染髮？

於是她的頭髮變白了。

郭老的病況有了好轉後，郭老太又去染髮了。

師傅兩次問郭老太，為甚麼她會想到要染髮，她都回答是老公喜歡。

理髮師傅對這位老太太染髮的理解，是她不僅僅是為了漂亮，還為了強化生命力。

理髮師傅為甚麼會這樣理解呢？大概看到了一點甚麼蛛絲馬跡，產生的直覺吧。譬如說，郭老太的幽默性格。誰都可以料到，她這樣回答，是會惹人笑的。但要討老公喜歡，一定也是事實。為甚麼要這樣的方式來討好老公？為了感受一下生命力。

我只是這樣猜想，對不對呢？我又想，郭老太再去染髮，一定是在想，染髮是一個很大的象徵，她染了髮，他們老夫老妻又可以過回以往快樂、幸福的日子。

我也感受到這位老太太的生命力。生命力是一種奇怪的東西，不是說你年輕力壯，就有強盛的生命力，老人也可以閃耀奇妙的生命力。

九

每一回我看到郭老太不太長的烏黑頭髮迎着海風揚起，散落在郭老的肩上，我就有一份會心的微笑。

我跟他們，好像共同守着一個秘密。

烏黑雖是人工的，裏面已有一番苦心的營造。

師傅的確說得對，飛揚起來的黑髮，的確別具生命力，尤其是，烏亮的，就有活力的美感！

特別是在老人身上體現出來的，就更明顯。

有時，我會編造這對老夫婦之間的對話——

「想起來，我以往真的很傻，為甚麼當初想到要去染髮呢？想來都是因為貪靚的虛榮心太重的緣故吧。想想吧，別人會不會這麼說，你看，這位老太太，年紀這麼大了，頭髮依然是這般烏亮！不就是喜歡聽到別人的讚美聲嗎！可是我完全忘記一件更加珍貴更加美好的事，那就是白頭偕老的美。一對相親相愛的人，誰不稀罕白頭偕老？不是當初年輕少艾就有這樣的願望嗎？不就是當作最美好的事情來期待嗎？自從你的健康出了問題，我對自己開始大惑不解，想着一個問題，為甚麼對這樣一件很美好的事，我卻要極力去遮蓋呢？真的不喜歡白頭偕老？你看，我們不就是都白頭偕老了嗎？我們當初沒有作過任何誓盟，但不論這一生多苦，最終，我們不是真的白髮偕老，還在一起嗎？」

郭老聽着，一定會失聲地笑了起來。

郭老會說：「你的黑髮很好，我喜歡看到你這樣！這種感覺我更加珍惜，黑髮是代表生命力的象徵。我們更需要的是生命力。看到你的黑髮，我就感到有生命力。我知道這一定是你的一片苦心。不是嗎？」

我在想像着這麼一個浪漫的情景——聽了郭老這番話，郭老太又去染髮了。

十

我把這份秘密守着，覺得不必讓別人知道老太太染髮的故事。

只要郭老和郭老太的身影感動大家，都已足夠了。

我一直記得發生在老人家之間的另一段插曲。這段插曲很平凡，甚至可以說是很瑣碎，但細想下，也算是小人物的一種人生觀吧。

也許是老夫老妻之間，另一種恩愛的表現。

這段插曲當然跟郭老和郭老太沒有直接關係，但我又不期然想起了他們。

事情還得從頭說起。

凌晨四、五點時分的公眾碼頭，不但郭老和郭老太愛去，也經常有很多長者晨運客。年紀大了，強度較大的動作是做不來了，就做些柔軟動作。就是這樣的柔軟動作也做得不多，離天光還有一大段時間，就覺得累了。

在這樣的時候，長者常常會有一搭沒一搭地閒談起來。

有些老人家說話，不免會嘮叨，瑣碎而沒有條理，可那語氣卻經常可以讓人感到說話的人，有一份自得。因為說話的人，講的是一個平凡人一生尋常日子的「豐功偉績」，聽來也就別有一番趣味。

說話的人不善言辭，講述不太周全，言語間就會留下很多留白。

但她所說的生活細節是如此平凡，都是普通人會經歷的，有太多的相同地方，即便是旁人，憑着自己的經驗，聽了後，也可以把這些空白都填補了過來，變得具體而豐滿；不一定是十足相似，但是也差不多了。短短時間，也就似乎可以把這個說話的人的整整一生都聽遍了。

不但聽得明白，而且有一定程度的共鳴。

那個淩晨，有一位老人家就是這樣講述她的人生，真的太平凡、太瑣碎了，但聽的人都有一番樂趣，似乎她所說的事，就是每天都發生在自己身邊的事。

她說的話有趣，因為她說的每一句，都要盡情揭自己家事的瘡疤，只有很自信的人，才會這樣。

「……當我真的看不過眼，很惱怒的時候，我真的會很大力打他，手不留情。他這個人人品不好，爛賭，懶骨頭，做事無交代，得過且過。但脾氣好，任你打。我常罵他，你這個人沒有出息。吃飯的時候，不夾餸給他，他就埋首在馬經裏，胡亂扒兩口飯，魚骨要給他挑出來，魚肉夾到他飯碗裏……家婆對他說，你老婆比你叻得多，你留不住她，遲早會跑掉的（有聽者插話說，幾十年了，還沒有跑掉？），要跑到哪裏去呢？……家婆我也不怕，總之她不要欺負我，不然一定跟她吵……我最得意是生了兩個仔女，小時候偶然我們外出吃飯，兩個仔女，每個吃一個雞脾，算是最快樂的事，很難忘記……日子從未好過，永遠不是富貴人家，但也要給仔女一點好的回憶，我有自己幫補家計的方法……拿手工回家做。上個世紀五、六十年代的女人哪一個沒有這樣做過？不同時期都有不同應付生活的方法，我曾到茶樓幫洗碗，到洗衣店幫手，這些活兒，女人都做得到……一個女人，迫於無奈，丈夫做不了一家之主，總要有一個人來做，不然家就散了，我就做了，不是搶來的……」

話說得差不多了，明天大家也會見面，有說不完的，明天再說也不遲。該回家了，臨走時這位老人家加了句：「他愈老就愈無用了，現在連走一步也都懶了，我不在，他不知要搞出怎樣的亂子來。」

有人說：「你不在，他的確不行，快回家照顧他吧，恩愛死囉！」

也有人追問：「那你現在真的很風流快樂了，真的做了一家之主了！」

那漸走漸遠的身影拋下了一句聽來幽幽的話：「快樂要自己去找，不然，長流流一世人怎樣過？」

她的步履的確還很硬朗。

這裏面應該也包含了白頭偕老的自得。不然，哪裏會有悠然自得的口吻。

十一

這些盡是叫旁人聽了都會覺得疲累的瑣碎人生，有必要再一一去細數回味嗎？但這也可以算得上是小人物的個人回憶錄，不能像偉大人物那樣寫成書，但總可以存在自己的記憶裏，一有合適的對像，就拿出來說一下。

重要的是，沒有誰夠資格去為這位老人家評斷，她一生經歷的生命價值。在旁人看來是閒事，可是在當事人而言，很可能就是驚濤駭浪，可以載入個人史冊，其中的快樂和哀傷只有自己才能深刻體會。

確實，在老人家當中，當她們都含笑望着這位老人家離開時，更多的人發出儘管是低低的然而是真誠的讚嘆之聲。這是普通人對另一個普通人生活經歷的讚嘆，因為普通人對其他同樣是普通人的生活最了解。他們都明白到，看來很平凡的事，其實是有着別人看不到的為難處，一一克服了，也就一生難忘了。

這樣的讚嘆也就是對這位老人家最真誠的讚嘆。

驚嘆於她的人生路能夠走到現在這個樣子，還能夠起個大早，做做晨運，身體還硬朗，很不容易了。

於是眾人議論紛紛。

「她的確是很硬朗，這樣大的年紀了，還是可以讓人依稀看到了她當年的樣子。」

「她年輕時一定是個很剛烈、潑辣的女子。你們信不信，愈是這樣剛烈的女子，遇到的艱難就愈多。可是呢？愈是艱難，她們也愈承受得起。」

「看來她的一生是很不容易。大家還有很多機會聽她的故事哩。」

大家突然注意到在默默聽着大家說話的老郭和郭老太。

於是大家就說開了：

「你們就不同，你們比他們恩愛得多了。」

郭老太只是淡淡一笑。

「你只聽她的口吻，就會知道她的愛是多麼濃烈，她只是用她自己的方式表現了出來。」

郭老太又說：「即使只聽了她簡單的幾句話，也已知道她的人生經歷了幾許難關，難關現在她極可能還在過着，但已舉重若輕。再艱難，她跟她老公，不是也白頭偕老了嗎？她是個很有個性的人，很喜歡用自己的方式表現了出來。」

郭老太說完，又引來了一陣笑聲。

郭老和郭老太的魅力，大概就在於常會在不經意說出這樣的得體而很能溫暖人心的話。而不僅僅是他們的外貌，給了人溫暖的感覺。

除了那場他們剛剛經歷的患上癌症的磨難，不知他們還有多少動人的故事沒有說出來。也許有一天，郭老或是郭老太會像那位老人家一般，說出一串往事。

但即便不講，只看他們的身影，都足夠了。

恩愛到白頭偕老，還有比這更美好的事嗎？

傷逝

謝秀美身世特殊，她的一生，從未見過父親一面。

母親是守舊女子，羞於談及父親的事。秀美只模糊知道，母親很多年前從窮鄉僻壤來到繁華香港，為的是跟久別的父親會面。父親來香港探親兩、三個月，母親因而懷上了她。但父親再也沒有回來過。

在秀美童年成長過程，親父依然在生，在異域過着他的自身難保的日子。所以，秀美和在單親家庭成長，並無二致。

很多家庭，都有這樣或那樣的，不為人知的不幸故事吧。也許這才是真正的人生。太順遂的都不算。

秀美跟母親相依為命。

必須自力更生的母親，必然是要在社會底層苦苦掙扎的，必須起早摸黑勞作才能活命。

秀美想了起來，母女相處的時間極少。

秀美因而明白，很多單親家庭的日子，就是這樣過吧！母親要謀生呀！還有甚麼時間分給孩子。「窮者愈窮」、「跨代貧窮」，最多發生在這類家庭。

缺少了父母悉心照顧的孩子，一般來説，還能有多大發展的機會？

母親真正退休了後，母女相聚時間應該多了吧，卻是輪到秀美忙得團團轉了。

「相依為命」這四個字，很難在形象上表現出來。不明白的人，以為兩個人互相依偎在一起，面對共同的命運，這是誤會了，哪裏可能有這麼多的時間相聚。生活迫人呀！生活迫人這四個字，要在形象上表現出來，也是很難的。愈是貧窮的人，具體生活就是愈瑣瑣碎碎，重重複複，哪裏有半點動人之處！都是叫人厭煩的。

有人問，這樣過日子，不是自小就有了孤女的感覺。秀美會苦笑了一下。

「有母親在身邊，感覺跟孤女一定完全不同。有了母親就一定有溫暖，這種溫暖是沒有其他可以代替的。相依為命就是以溫暖為重。母愛絕對可以感受到。只不過，母愛碎片化了。

沒有母愛是絕對無法想像的。最珍貴的是可以看到母親的笑容。要是沒有母親在身邊，怎有可能看到母親的笑容呢？有時想，日子過得這麼苦，母親怎麼還會有笑容呢？是因為有了我這個女兒，給了她精神寄託嗎？後來我感覺得到的是母親的心靈裏有很堅韌的力量，才能把日子支撐得下去。笑容是她堅韌力量的表現。」

秀美想，她對母親的這一番看法，是因為實際上就是如此，或者只是很浪漫的幻想而已？秀美開始懂事的時候，就感到母親衰老得很快，母親的形象在她的心目中，實際上是很脆弱的。

生活太拖累了，秀美深深感到她們母女相處的時間極少，不過秀美心裏，也有一些有關母親的生活細節，這些偶得的溫馨生活碎片，回憶起來，就像珠寶那樣珍貴。秀美很願意相信，只有這些生活細節，才能反映她們母女生活真實的一面。生活裏要是多了一點這樣的細節，已算得上是她們很美好的生活了。

記憶裏最深刻的一次，是母女搬家，真有苦中作樂的況味。秀美回憶起來，不知不覺之間，就會掉起眼淚來了。

搬過無數次的家，並不是為了得到環境的改善，而是常常要被迫離開。秀美現在明白了，日子過得苦，工作做得辛苦，那當然是不幸的。最可怕的，應當是人間的世態炎涼。這是無法去計量的，也是無法去躲避的。在生活的每一件小事上，都可能遇上，每一次，都像一支箭，射在人的身上。愈低微的人，傷勢只會愈重。

搬家是秀美母女生活裏一件很艱難的事。

可是母親還懂得笑。

秀美知道母親很脆弱，但很堅毅。

因為母親白天要上班，下班後才有時間搬家。

最後一批不值錢卻又是日常生活必需的家什收拾妥當後，已是午夜過後。

母親把家什分成兩個部分，然後用擔挑挑了起來。深夜走在街道上，母親挑着擔子的樣子，就像影片裏看到的走難一般的樣子。

秀美還記得那個深夜跟母親的一番對話。

「媽，你用擔挑挑在肩上，肩膀不會痛嗎？」

「比這更重的擔子我都挑慣了，那時我年輕，現在老了，很久沒挑，難免生疏了，卻還記得該怎麼挑，應付得來。而且我現在挑的擔子，要輕得多了，哪裏難得了我。」

秀美聽到母親說起年輕這兩個字，感到很特別。已被日子磨得很蒼老的母親，年輕時是怎麼一個樣子的呢？母親說這番話時的笑容，竟然有點年輕時嬌俏的輪廓。

「媽，我未曾見你挑過。」

「年輕時，每天都要挑。」

「為甚麼每天都要挑？」

「自己耕田，習慣了挑重擔子。春耕時要挑肥上山，秋收時又要挑收成的糧食回家，甚麼時候都得挑的。」

「是甚麼時候？」

「『交通斷』，你父親不能寄錢來，家裏很困難。要自己找生路。」

「甚麼『交通斷』？」

「『交通斷』，就是斷絕了音訊。在戰爭時期，這樣的情況就會發生了。」母親的口吻很輕鬆。

秀美這才略為知道，母親來香港之前的一點小小的故事。

母親前半生經歷的一切，秀美一無所知，這麼遙遠，是一個秀美已無法解開的謎。

前半生秀美一無了解的母親，就在她的身邊，這樣的感覺很奇怪。

母親不是個喜歡講她過去的人，秀美卻很肯定，母親的前半生，已是歷盡艱辛了。

是母親不想讓她知道，刻意隱瞞嗎？是因為太苦的緣故？

那一晚母親一面挑着，一面笑着，連自己都覺得這樣挑着很好笑。

「我又變成了鄉下婆了。」

母親顯得格外的輕鬆。

也許是因為，搬家的煩惱終於解決了，了卻一件心事，頓時輕鬆了。窮等人家搬屋，也算是動了一次筋骨。

也許是因為，那一晚母女的相處，是最親密的一刻，這樣的機會很少。

母親一生都在挑擔子。

秀美總是想，母親挑重擔的時候，總是父親不在身邊的時候，也總是在最艱難的時刻，無論是在母親所說的「交通斷」的時期，或是在香港艱苦謀生的時期。

母親挑起一家重擔的形象，成了秀美一生一世的印記，用任何方法，都無法抹去。

秀美只知道，很多很多年前，就在異國謀生的父親，長期以來，特別是在晚年，自身難保，父親到底是怎麼挑起生活的重擔呢？雖然父親在她心中只是個幻影，但一想到父親也是一生勞苦，加上無影無蹤但實實在在存在的血緣關係，每回想起也都心如刀割。

母親後來變得很老很老了。

有一回，秀美在遠處望見一個老人家在過馬路，待她看清楚時，原來是母親。原來她的背部已佝僂得這樣厲害，幾乎已彎成九十度，就像一棵老朽的樹，不堪漫天風雨，而快要折斷了。遠處望去，母親愈彎愈低的背成了剪影，愈見明顯。秀美頓時眼眶裏冒出了淚花，她想起過去，車流卻像一把利剪，把她的視線隔斷。

這樣很衰弱的身子，會永遠離開她，是必然的事。在秀美的意識裏，因為抗拒這個日子的來臨，是覺得永遠都不會來臨，一來到，就有天旋地轉，撕心裂肺的劇痛。

一想起父母的一生，尤其是他們的晚年，都使她心如刀割，不僅僅因為是自己的至親，而是父母真的活得如此叫人悲傷。

秀美母親在這世界上最後一站，是在東區醫院的一個老人病房裏。

幾天前，已八十多歲高齡的母親，天未光就醒來，感到很不舒服，最終得召十字車來，秀美也無法到她經營的粥麵店去了。

母親上救護車時，天正下着粉末般的微微細雨。母親的臉在陰沉的天色下，顯得更蒼白。母親對她說，你還要到粥麵店照料，你別跟我來。秀美聽了母親的話，望着救護車離去，在迷茫的車群裏消失。這是秀美一生裏最後悔的事。天不是已在下着微微細雨，可憐我母親的一生如此辛勞嗎？就是在最壞的惡夢裏，也完全沒有料到這是媽在跟她永訣之前，最後所說的話，母親每分每秒，都還在為她牽掛，為她着想。

秀美感到她跟母親漫長日子裏的相依為命，突然被一把利刃砍斷了，不允許有一句告別，不可以在臨終時互望一眼，這是一個最殘忍的人生結局了。

秀美算是經歷了種種滄桑，然而當得悉母親去世，她的震驚，感受到的痛苦，令她的臉整個都變得扭曲，變形了。

秀美未曾受到這樣的震驚和痛苦，相依為命帶來的親情，到了深處，已無法衡量。

歲月是沒有能力把這種痛苦撫平的。秀美想到自己的父母在這一點上是何其相似，臨終時都沒有親人在身邊。母親臨終時，腦子裏有想着甚麼嗎？

會不會想和我這個與她相依為命的親人見見面。母親一定是放不下我的。就如我小時候，母親返工前，依依不捨離開我一樣。

母親在那個微微細雨早晨入院，幾天後的早晨，秀美在粥麵店忙得團團轉，突然接到醫院電話，通知母親病急。母親之前已多次入院，去探她時，只見她在昏黑的地方，躺在擔架床上，閉着眼睛，昏黑加深了她的病容，好像隨時會被推進急救室。就是那個時候，也從未想到會接到醫院打來的電話，秀美只相信，母親進院，只是身體有點不適。

接到電話，秀美腦海一片空白，匆匆趕去，連向身邊的人吩咐幾句甚麼都來不及，完全失魂落魄，有種大禍臨頭的感覺。這是她生命裏最六神無主的時刻，到底母親現在怎樣了？在醫院範圍內過馬路時，也不懂得留意來往車輛了。

負責的年輕醫生並沒有立即帶她去見母親，只是先帶她到一間小房間。這應該是醫院慣常的處理方法。秀美只一心以為母親的病確實轉嚴重了，醫生要向她講解病情，她沒有太大的不祥感覺，她只想快點見到母親。當她聽到醫生說，母親已經逝世的時候，很像晴天霹靂，打在她的後腦勺上，霹靂把一把尖刀敲進了她的腦子裏，生理上的劇痛感覺不到，劇痛是精神上的。

整個世界對她關閉了，失去了所有聯繫。無論醫生對她說甚麼，都聽不進一句，所說的一切都失去了意義。感覺很可怕，母親即使再脆弱，都是她世界上最大的支持力量，遇上甚麼事都會想到母親，而現在，突然失去了。秀美只是低着頭，用手掩着臉，低聲的啜泣了起來。

很久很久。

也不理會別人的反應了。

母親很安詳躺在病床上。

母親的臉上很安詳，世間無情地給她的所有哀愁都不見了，那麼的平靜，俗世所有她無法解決，卻必須面對的煩惱，所有已失控的病痛，都難以再傷害到她。

秀美只感到無限傷痛，在慈母的遺體傍痛哭了很久。令她很心痛的是母親最後離開人間的醫院裏的那個小小角落，竟像在總結她一生的苦難似的，未免太簡陋孤清了。

去認母親的遺體，領去殯儀館，秀美徹底明白，母親再也回不來了。

只是隔了幾天，母親的遺體乾枯得變了形，超乎她的想像之外，秀美一見到，即痛哭得掩了面。還有甚麼時刻，更加叫她哀傷的呢！

載着母親遺體的靈車在都市的街道上打轉。九月的香港，落雨不斷。母親曾在她生活了幾十年的都市街道上，留下了多少足跡呢？她用太多的時間花在工廠的操勞之中，餘下的不多時間在家裏，時間少得只夠躺在床上稍為恢復體力，以應付翌日同樣辛苦的日子。母親對都市的奢華，抱着太謙卑的心態，一直都以為是她不該享受的。母親相信她的人生就該如此。別說到那些裝潢豪華的酒樓飲茶，吃蝦餃燒賣，就是到街市的粥麵店吃碗及第粥，她都想也沒有想過。

母親一生的日子過得太苦了。秀美痛苦地感到她對母親的虧欠太多了。雖然實實在在付出了幾十年勞累，社會對她也太涼薄，母親逝世時，還沒有設立長者生活津貼。想要獲得一點甚麼生活津貼，就得填寫「衰仔紙」。但受到如此涼薄待遇的，又何止只是母親一人，無數與母親同一階層的人，都是。冷冰冰的現實就是如此，可以跟現實爭拗嗎？

秀美經營的粥麵店，無法逃避的雜務總是把她支使得團團轉，雖說每天近晚已收檔，可是緊接着又要為翌日一大早的開檔，做種種準備工作，整個晚間並不能走得開。忙碌時，時間總是過得飛快。每晚返回家門，都早已過了半夜。一開門，只要看見廳裏還有一盞昏暗的燈亮着，就知道母親還沒有上床睡覺。事實上，不記得從甚麼時候開始，只要秀美還未返抵家門，母親就一定不會回房睡覺。秀美走在深宵街上，剛剛感到終於把一天所有雜活都做妥的一絲輕鬆，隨即又猛然想起母親此刻必定還坐在廳裏，牽掛地等她回家了，秀美更濃的牽掛又浮上心頭。母女的互相牽掛，是最愁熬人的。

忙碌會把一個人纏住，牽掛所呈現出來的愛也會把一個人緊緊纏住，纏得更緊，一絲都不放鬆，兩者交纏在一起，是會產生一股很強大的力量，把一個人活生生撕裂開的。一個人要是真的能夠分成兩部分，那倒是太好了。就因為不能，就必定愁熬人了，愈有真情的人，就愈是這樣。

有一晚，一開門就看見母親歪坐在梳化上，雙手握在一起，放在膝上，一動也不動，頭昂後，張大着口。秀美大吃一驚，來不及放下手裏的東西，就撲到母親身上，抓住她的手，探探她的呼吸，知道母親是睏極而睡，才失控哇的一聲低泣起來。

這樣的大動作也沒能把母親弄醒，母親其實睡得很安詳，秀美平靜了下來後，才聽到母親發出輕輕呼嚕聲，有點像小孩子。母親似乎未曾有過這樣無牽無掛。但這樣的無牽無掛，是在歷經艱難困苦，仍滿懷憂愁，睏極而睡的人的安詳。秀美在婆娑淚影中，想着母親身體日差，年事已高，日子還有多少呢，不禁呆了，低頭靠在母親的肩上，腦海裏全是空白，只想從此就把一切都拋開，只守在母親身邊，直到天荒地老。

但是生活主宰着人，而不是人主宰生活，把一切都拋開，怎麼才能做得到呢？

母親悠悠醒來。睜開眼，看見女兒呆呆地望着自己，也不知是從哪裏來的力氣，一下子就坐了起來。

真像個小孩，揉了揉眼睛，等了好一陣時間，神智稍為清醒了，才吃驚地問：「阿秀，你怎麼還不睡？現在幾點，都已經兩點幾了。」

「媽，這才是我要問你的，你為甚麼不入房睡覺？你晚晚都遲睡，你知不知道，這對健康不好的。」

母親好像看到了她眼眶的淚痕，以木然的目光望着她。

「我隨時都可以睡，你還不去睡，還說些甚麼？你剛才做了甚麼，就這樣坐着？」

「媽，我真的感到自己很不孝。」

萬籟俱寂，想的是世間一切其實都不重要。

秀美想起那一晚，母女互相牽掛，雖說也很折磨人，可是多麼溫馨，多好呀！人的一生太短暫了，要珍惜眼前人。

然而一切都不再了。

秀美覺得她只做了一件叫母親開心的事，那就是經營粥麵店。母親開心，是因為她感到安心，一種她一生未曾感受到的生活上的安穩感。

女兒經營粥麵店，對母親來說，是一件無法想像的事。最初，母親一定感到像奇跡一般，女兒也有這樣的本事嗎？等她知道這是個事實，就成了她晚年最大的欣慰。

秀美曾很熱心用暖水壺裝了粥回家，讓母親宵夜。

然而母親的反應，卻遠遠不是那麼熱衷。

「你這麼忙，顧你自己就行了，還要為我煲粥，以後就不要這樣麻煩了。」母親以秀美見慣了的憂愁的目光端詳着她，還伸出手來摸摸她，只要女兒好，就一切都好。

「不麻煩，店裏晚上就得把粥煲好，把粥煲得綿綿的，明天一大早開檔，才不會陣腳大亂。」

「我一個老人家，吃不了甚麼了，宵夜對腸胃不好。你知道我的胃受不了。」

「那麼，明早煲熱了再吃。」

「現在是甚麼時候了？你還不趕快洗澡休息，睡不了幾個小時，又要起床了。你以為是鐵人？我以前是迫不得已，不那麼做是過不了日子，你看我周身病，就是因為操勞，沒有好好注意休息，這一點我最清楚，你也想跟我一樣？」

母親說着，就有點焦急了起來。

「沒有好好注意休息」，只這一句話，又已可以叫秀美眼濕濕。母親是否真的想過要好好注意好好休息？是不能呀！這是勞苦大眾的普遍現象。不然，普通門診，各種專科，就不長年擠滿了病弱老人。

有一回，秀美帶着母親回粥麵店，母親一下子遇上了很多友好的，真心真意的笑。是老闆娘的媽呀！

母親顯得不知所措，不知怎麼消受。

在這樣一個平凡的地方，笑容都是如此真實和親切，母親是不是也會覺得，世界原來可以這樣美麗？

現在，母親真的是安息了。

秀美卻又想起了小時候見慣母親坐在床角，按着腹部，痛得呻吟了起來。母親的神色除了痛苦，也帶着某種驚恐。後來秀美終於想明白，母親一定是害怕，一旦她真的支持不了，留下這麼一個小女孩怎辦？

母親的葬禮是很熱鬧的，靈堂滿是人。母親的遺照很安詳，好像突然間發現，原來自己有這麼多的子子孫孫。

出席母親葬禮的，是母親的其他子女，說起來，他們不就是自己的親生兄姊嗎！這麼親密的關係，相處在一起，怎麼會這麼陌生，很大的隔膜。

就因為我在香港是土生土長？秀美想。

母親不在了，失去了一個共同體，縱有親情之名，也無法真正凝聚在一起。

秀美聽過這樣的故事。有的番客，成功致富。有錢的番客更加必然娶了番婆，生了一窩孩子。他逝世了。在香港的子女去奔喪。這些同父異母的子女，在喪禮上見面了，縱有親情之名，不是也無法真正凝聚在一起。

那樣的一種感覺，秀美感受到了。

親生兄姊看起來都顯得很蒼老，生活對他們也不會是寬容的，都是經了磨難。然後，就是親生兄姊養育的子子孫孫。他們有的是從家鄉趕來奔喪的，也有的早就移民到香港，落地生根。因為親生兄姊來奔喪的緣故，也有不少鄉親來參加葬禮。對秀美來說，完全陌生。

來自母親另一個世界的人。

秀美想，要是只有我和我的幾個子孫，喪禮就必定是很孤清的了。這是母親面對最隆重熱鬧的，特別為她而舉行的場面，會叫人聯想到眾多子孫圍繞膝下那種幸福的晚年。但實際情況並非如此。她不可能親眼看到。要是母親有過盛大的生日宴，那多好呀！人間的很多禮儀，真的有意義嗎？

秀美想起那天母親過馬路佝僂的身影，眼眶又不禁泛起淚花。母親的一生以四個字來形容已很貼切：操勞孤獨。

但香港的生活環境，就是如此。即使是後來移民香港的母親的子孫，一進入這座都市，也都只能步母親的後塵，在低層社會苦苦掙扎，為自己低微的生活起早摸黑，日子也是會過得很艱難的，不會有甚麼例外。

也許正是因為有了他們的切身體會，才會較明白母親的辛勞吧！

秀美只能憑着一個影像，才能明白母親跟她這些子孫的關係。想來，就是一個艱難卻也溫馨的影像，一個故事。

同時，也是一個涉及擔挑的故事，跟很多年前母親搬家時，用擔挑挑着家什的事一樣，是一個艱難卻也溫馨的故事。

一個很艱難的，物質極其匱乏的年代。在這個時代，無數人前仆後繼，寄送各種生活物資給家鄉親人。

母親當然也加入了這支浩浩蕩蕩的大軍。

母親身處社會最低層，掙取最微薄的人工，生活已很艱難，可憐天下父母心，只能盡力而為。

秀美記得，當她稍有點力氣的時候，也北上跟着母親去寄物資。

秀美曾經想過，母親為甚麼沒有主動要帶她回家鄉看一看呢？也許母親不願女兒看到更多那個她吃過很大苦頭的地方。母親在這座都市吃的苦也太多了。母親也許是在想，你出生在這個地方，吃過的苦也不少，但像我們這樣的人，任憑在甚麼地方，遭遇不都是一樣嗎？就一心一意在這裏安身立命，以後你也會繁衍自己的子子孫孫。

有了親生兄姊在舉行葬禮儀式的靈堂上，秀美知道自己是個小配角，可以專心哀悼自己敬愛的母親。秀美注意到在靈堂的一角，有個老婆婆極傷心哭泣着。

母親逝世後，有個老人家摸上門來，她是來詢問母親喪禮舉行的日期、地點。她跟母親年紀大概差不多，眼裏閃動着淚影。她是母親的老朋友。

老人家就是在對他人表示關心、慰問的時候，都是表現得那麼謙卑、怯懦，甚至害怕煩惱了別人的樣子。真心、誠懇，這樣一種善良到了極致的神情，正是母親這一輩人的特徵。也只有母親才結交得到。

秀美明白，她們平日很少得到關愛。自己得不到關愛，就像自己給別人一點慰問，即使毫無價值，也要得到別人的施捨，才允許自己表達的這份慰問。

老人家躲在靈堂一個角落，簡直在慟哭。

秀美腦海裏一片空白，只留下她的影子。好像她在某一個黃昏的餘暉裏，她還在跟母親閒談家常。

有一種很心痛的感覺。

母親，母親，這個世界給了她太多痛苦，辛勞，但她對這個世界是眷戀的。她逝去的那刻，一定還有很多放不下的心事。

這就是母親的一生。確實，母親的一生，有很多是我不知道的。秀美這樣想着。

母親喜歡落葉歸根，在這座都市生活了幾十年，最終骨灰甕被帶回家鄉。是秀美從殯儀館領回骨灰甕，送上親生兄姊回鄉的車上的，這是真正的一次跟母親告別了。秀美淚水情不自禁崩堤般湧了上來。

母親就像她那一代的女子，信仰佛教。秀美每年都會在母親逝世的八月，上昂坪的寶蓮寺，哀悼母親。秀美說不上有甚麼宗教信仰，她只是以母親信仰的方式來悼念母親。

八月是雨季，經常風雨漫天。隨着歲月消逝，喪母的哀傷情緒逐漸平復。但母親永遠在秀美的心中。

秀美的心裏，世上沒有甚麼偉大人物，只得母親一個。

有時，秀美會傷心的想，要是母親沒有來這座都市，命運是不是反倒好得多呢？

秀美沒有在鄉村生活過，無法正確判斷。

這座城市似乎是給了母親一個「會夫」的希望，最後證明是虛妄的。最真實的結果，倒是那些起早摸黑的艱辛。

但秀美想，要是由母親來選擇，她應該還是會選擇來這座都市，說到底，這座都市給了她一個全新的生命，讓她可以重新認識自己。

一個人最珍貴的是甚麼？是認識自己的價值。

母親到了這座都市，確實認識了自己的價值。

母親應該是第一次真正體悟到，靠着自己的勤勞，手上就可以拿到一筆錢，這筆錢很微薄，根本與她付出的勞力不相稱，但由此她已經知道了自己的價值。

有一次，秀美曾經問母親，你覺得這座都市美麗嗎？

秀美看着母親露出的惘然神色，這是秀美預期到的。

還有一個影像，讓秀美對母親的懷念變得永遠。那是很甜蜜的記憶。每當秀美的生日，一大早起床，就會看見母親已為她煮好了一碗米線。米線上有兩隻雞蛋、冬菇和各種海鮮，是母親為她帶來的最具家鄉風味的食物。後來，到了生日，秀美對這一碗米線就很期盼了。

「生日快樂」。

生日是應該，而且是必然快樂的，但秀美相信，母親每年為她準備一碗生日米線時，心裏一定滿溢着真正的喜悦。因為每一次母親為她煮米線，都意味着在不斷地成長、茁壯，也意味着母親的負擔在減少。

的確，秀美很懷念這碗米線，但再也吃不到了。

為甚麼我從未想過要為母親慶祝生日呢？至少帶母親去酒樓飲茶。秀美一想起對自己提出的這個問題，都有種莫名黯然的感覺。

文竹

李先生這個人，個性淡泊，從生活方式和習慣，已可見一斑。特別一點是，對生命有着無限敬畏。

李先生一再表示，他沒有足夠知識和能耐，因而也沒有膽量去飼養魚、貓、狗等生物。好好的一個珍貴生命要是栽在他的手裏，叫他如何安生？這倒不像是謙稱，他身邊不見有甚麼寵物。

要說與生命有關的事物，那是窗台上擺放的文竹盆栽。願意種植文竹，是因為強健的文竹，給了他一份安全感。

只要定時給它們澆澆水，擺放在有陽光的地方，就可以自己煥發很強韌的生命力，茁壯成長，完全不需別人擔心。

把生命力發揮得這樣不可思議，無窮無盡，大自然數不清的植物都有這種默默耕耘、艱苦奮鬥的精神美貌。但讓李先生真正對大自然感到親切感，應是文竹。

李先生曾經在地理雜誌上，見過精美圖片，萬頃金黃麥海隨風擺動，呈現強旺生命力的聲音好像就在耳畔響着，叫人只感到震動。李先生想：麥子數量這麼多，作為一個個體，能夠得到農夫多大的照顧呢？大概也就只能處於粗生粗養那樣的一種生存狀態。

文竹不動聲息，卻給了李先生同樣震動的感覺，那是長期觀察的結果。

文竹的生活方式實在太平實了，讓人容易產生錯覺，只覺得它是平庸之物。只要有攀附的地方，文竹就可以攀爬到很高的地方。無時無刻努力不懈，絕非它好高騖遠，而是它不問收穫，默默耕耘的習性所然。它並不是刻意去達到甚麼目標，或純粹為了跟甚麼爭鬥，出人頭地，搏得好名聲。

這不是文竹的個性。要是文竹有思想，它想的恐怕是，只要不斷生長，給周遭環境增添一點綠意，就好。

要是任由文竹生長，可不得了。它會一節又一節地往上生長，原本一盆小小的很不起眼的文竹，定會茂盛到難以想像的地步，枝葉攀爬到天花板去了。

只是陋室容不了文竹這樣大的發展空間，當文竹長得太茂盛了，李太太就會來一次大修剪，讓文竹恢復到小盆景的嬌小狀態。

有一次李太太在大修剪的時候歎息道：「你看，文竹是這樣美，柔和的翠綠，很是養眼。再怎樣把它大修剪，都不會有受挫感，繼續在被剪下來的地方生長出來。好像它生來就只有一個使命，展開它無窮的生命力。經過多少年，剪下的文竹枝葉要是堆積起來，怕在窗台已堆成了小山了。」

文竹的生命力是怎樣來的呢？

李先生聽了太太的話，點了點頭說：「文竹的生命力是誰都無法比擬的。這樣的生命力是從哪裏來，真不願意去探究，希望只有文竹才有這樣的生命力。太美了。」

李太太接口說：「與文竹相處很安心，文竹只作很無私的奉獻，單方面給予跟它相處的人種種好處。世間最美好的東西是甚麼？就像文竹這樣子了。」

李先生說：「這樣的人我也看過，不過不是親身接觸到。是在電視上看到的。一個到落後地區做義工的醫生，談到當地人的艱苦處境，哽咽了起來。那是一種很強大的精神生命力，多希望他身體上的生命力也一樣。」

生命力是天生的嗎？

還是後天可以磨練的？

李先生想，有生命力的事物，生靈就有真善美。

李先生望着文竹，又這樣想的時候，心情特別愉快。

多麼希望文竹有自己的心靈。

第二輯：喜怒哀樂

上與落

公園裏的兒童遊樂場，總是洋溢着孩子們的歡聲笑語。

在童稚的背景聲音裏，這對上了年紀的男女，坐在附近的長板凳閒談，滄桑味更加濃烈了。

「兒童時期真是一生裏最快樂的日子。」

「經歷了一生，回頭再來看，就會眷戀童年歲月了。但你還記得童年的快樂細節嗎？」

「哪裏會有這樣的好記性，早就被後來洶湧而至的經歷淹沒了。」

「你看那邊，看來也不過是三、四歲的小孩子，敏捷地爬上滑梯。他已知道滑下來的一刻，會很刺激。這是他此時努力往上爬的動力。孩子追求快樂的方法很單純，想要怎樣就直接做了出來，表達了出來。」

「那個坐上鞦韆架的小女孩不也是一樣，叫媽咪把她盪到最高處，她知道落下來的一刻有多痛快。」

「上升與下降，是不能分割的一個整體。孩子不會想得這麼深入，但快樂的感覺，他們卻是感受得最真切。試想一下，如果一個孩子爬到高處，卻滑不下來了，會怎樣？」

「會哭。會哭着向父母呼救，他一定得下來，才安心。」

「大人們反而不明白了。不明白上升與下降是個連貫的自然規律。」

「想來真有趣，每個人都經歷過童年歲月，為甚麼童年時期懂得的有關快樂的事，到了成年，反而不懂了呢？」

「也許可以問另一個相關的問題，如果一個成年人爬到高處，卻落不下來了，永遠在高處，會怎樣？」

「會得意，忘形。」

「落了下來呢？」

「可能會暗自痛哭，至少會很失意、落寞。」

「上與落，頗為複雜，常常不是一、兩句話就可以概括。這就是整體人生，可以輕易說得清楚嗎？」

「對人生的理解，到底可以有多透徹，有多大悟性，並不是自己說了就算。對上與落這個大哉問，怎樣理解，有着怎樣的想法，我覺得這一點很重要。」

「據我理解，我們習慣把童年稱為幼稚，而成年則稱為成熟。」

「小孩子玩滑梯和盪鞦韆的時候，那是幼稚，是小孩子才會做的事。有些遊樂場，不是明文規定成年人不許玩這些玩意兒嗎？當然是考慮成年人的體重，會損壞這些設施，對兒童造成了危險。成年成熟了，那是因為明白了上與落，是攸關一生的大事，不再是遊戲。」

「就是這樣。就是這樣理解幼稚和成熟的區別。」

「我們甚麼時候把童年時期的快樂都忘記了呢？」

「一般來說，是在我們以為我們找到了更大快樂的時候。一個人的正常反應，是在找到了更大快樂，就會把不那麼大的快樂忘記。我們一旦找到了不是孩子可以感受到的快樂，就認定那才是真正的快樂。然而從此，即便是成年了，成熟了，也像着了魔法，走上不歸路了，為了追求成人式的快樂，可以不擇手段，甚至可以埋沒良心。但試問，這有可能真的感到快樂嗎？」

「沒有可能感受到快樂的快樂，成年人也可以把它視為快樂，有時甚至認為是極樂。這是另類快樂，正因為是另類快樂，才叫人迷途難返。但這類快樂，因而也被視為成功的人，不會視為迷途，而是正途。正途得不得了。」

「我可以補充點意見嗎？你點了頭，我就敢說了。不僅僅是這類快樂，因而也被視為成功的人，不會視為迷途，而是正途，而且，所有大腦正常的人，都會這樣認為。」

「包括你在裏面嗎？哈哈哈！這是不好問的問題。對！我疏漏。我同意你的說法，所有大腦正常的人，都會這樣認為。在這問題上，清高不得。問題是，你有上升的機會嗎？」

金秋的良辰美景，美得叫人生了幻覺，以為不似在人間。貪玩的小孩子就是天使。溫煦的陽光，把人融化在懶洋洋的愜意裏。

坐在兒童遊樂場附近長椅上交談的兩個大人，一個是男的，一個是女的，看來都七十開外了。不論男女，都有一份難得一見的優雅。他們瞇着眼睛，看着玩得不亦樂乎的孩子，也許其中有一、兩個是他們的乖孫也説不定，即使沒有，腦子裏也會浮現他們的乖孫。一男一女露出的微笑帶着歲月釀成的滄桑味，顯出了特別韻味，最叫人動容的也許就是那份寬容。

不像是夫妻關係。

老夫老妻的相處都會比較隨便，不會那麼拘謹。

而且，夫妻間大概也不會用現在他們用着的那麼一種語氣，談論人生。

夫妻間的激情已稀釋在漫長的歲月裏。

他們兩人，更可能是久別重逢的故友，談起往事，還有一份激情。

很可能是大學同學，才會談人生。

他們繼續剛才的話題。

「合理的説法，應當是，成年人已經進入了另類的遊樂場，已經搭建了另類的鞦韆架和滑梯。成年人的鞦韆架當然不可能是兒童時期那樣的鞦韆架。」

「對，成年人的世界，其實也就是個到處佈滿鞦韆架的世界。有能力的人，把鞦韆架建造得特別高，坐在鞦韆架上的人就可以盪得更高。有辦法兼有創意的人，可以在鞦韆架上綁上氫氣球，把鞦韆架浮到半空，有了氫氣球，就可以永遠在上，落不下來了。那就別有一番意境了。」

「這絕對是可以做到的。如果已到了外太空的高度，把鞦韆盪上去，真的可以上升，而不會下降。」

「把鞦韆架建造到外太空，這樣的技術，也許一時還做不到。而且，這樣做毫無意義。你知道所有的人都要往高處爬？最大的動力是甚麼，是因為下面有很多人，高位者，有時還刻意把自己的高度降低，享受前呼後擁的快樂。你享受過前呼後擁的快樂麼？這是無價寶，人間罕有的快樂。外太空是甚麼地方？沒有人的地方呀！高位者會去嗎？要到達多高的高度，是有講究的。適當的高度才能感到應有的快樂。」

男女長者談到這裏，深有感慨，含蓄地以微笑表達了出來。

海港那邊的輕風吹拂過來，落在他們身上的樹影也輕輕搖晃了起來。

給了人錯覺，以為人也跟着搖晃了起來，以他們的神色看來，好像一下子變得輕鬆了。

也許就是他們之間的這番對話，讓他們輕鬆起來，因為他們都覺得得到了啟悟，但得到了這樣的啟悟，並非因為他們真的有甚麼特別的智慧，只不過純粹感到，他們對人生的認識，有種心有靈犀一點通的愉快感覺。

他們之間的交談，有短暫的停頓，其實是在對剛才的交談反芻思考。

其中一個說：「我又有點意見，可以補充嗎？你點了頭，我就敢說了。我們剛才不是說，位高者應該會得到應有的快樂，不然，空忙一場有何意義？但這樣的想法也不盡然。我們不是說過，在鞦韆架上綁上氫氣球，就可以升得更高？但因為有了氫氣球，也就變成了一件煩惱事，誰知道那一天，氫氣球爆破了，從半空摔了下來，可是無法想像的球毀人亡的悲劇。這樣的事發生得還少嗎？不僅僅是氫氣球，各種其他建造鞦韆架的材料，都有各自的潛在危險。坐在上面，危機重重，只有坐在上面的人才會深切感受到。高處不勝寒，大概就有這個意思。所以，選用建造鞦韆架的材料要特別謹慎。但其實，再怎麼謹慎都無補於事。建造材料不是一般人可有的，建造材料包括權勢，人脈等，有那一種是穩定的呢？就像在身邊埋下了炸彈，隨時會爆炸。」

「真的會這樣嗎？坐立不安？」

「至少，不會安枕無憂，當然，我未曾做過高層，具體感覺就不知道了。」

「未經歷過，確實難以知道。我想到的一個問題是，兒童鞦韆架總是要建造得很安全，建造過程應該有嚴格規管，疏漏不得，才不會把快樂變成悲劇。但成年鞦韆架卻完全不顧這些。

有時想來很覺得奇怪，都是成年了呀！

遊樂場傳來哭啼聲，男的聽見了，微笑了起來。

「你看那個小女孩，跟媽媽鬧別扭了。她還玩得不夠，她還纏着媽媽，陪她多玩一會兒。你還記得嗎？你小時候是不是也有過這樣的時候？」

「我不過是個普通女孩，哪裏能夠免俗！小孩子總是貪玩的。只要是快樂的事，就會留戀。」

「大人也一樣，不過有另外的叫法，叫戀棧。戀棧也有種類似快樂的感覺，當然不會像小孩子那麼單純，不過，總之，即便處於危地，也會戀棧，捨不得走。」

「小孩子玩鞦韆，因為快樂。」

「那是當然的，小孩子感覺單純，不快樂，就不會玩了。」

「成年人玩成年人的鞦韆，得到的感受或許可以用另一個名詞來形容，叫快感，不一定就那麼單純，不一定全部都是快樂了。」

「那也是當然的。」

「怎麼這麼肯定？」

「成年人一上了鞦韆架，會因各種各樣的原因，就下不來了。除了自己戀棧的因素，也不排除其他因素，有種說法是人在江湖，身不由己，就有這麼一層意思。一個人下來，極可能會是一件很嚴重的事，牽連甚廣。即便個人不快樂，也得繼續玩下去。當然也有人是樂此不疲的。」

「不快樂，還有一個更重要的原因。」

男的聽了，睜大了眼睛。

「你說來聽聽。」

「凡是違反自然規律的事情，就必然會有不快樂。」

「你是說，只升不降？」

「成年人的鞦韆世界，能夠做到只升不降，已不是件希奇的事。但感覺到純然快樂，就沒有那麼必然了。試想一下，一個人停滯在半空，縱使有多高，快樂真的是那麼實在嗎？」

「你的這個說法，我同意。剛才你也略提過了，具體一點說，刻意上升，要說有甚麼快樂可言，那也不過是世人對位高者的觀感。就是說，一個人處於那樣只升不降的高處，就會引起世人羡慕。世人對位高者只能仰望，這不是表示位高者極崇高，還有甚麼含意?!位高者必然因此感覺良好，這種感覺也就是快樂了。要是沒有人圍觀，仰望，只他在高處，譬如說自己一個人在月球，感覺就真的會那麼好？」

「怎麼說都是有上有落才會真正快樂，你說的是這個意思嗎？自然規律該是這樣。」

「孩子懂得的簡單道理，成年人反而硬是要把這種扭曲不了的自然規律扭曲，這到底是愚蠢還是聰明？你會不會覺得這樣的事情奇怪？」

女的聽了，笑着問男的：「那麼你呢？你是屬於哪一種，是愚蠢還是聰明？你戀棧了嗎？」

男的搖了搖頭，但女的明白，他的搖頭並不代表甚麼意思，那不過是他對人生的感喟。

他們沉默了下來，好像他們的這番談話，太嚴肅了，令他們不得不暫停下來，過濾一下，思考一下。

「確實，我們說過了，下不下來，是相當複雜的事，常常不是一個人可以決定的事，有時是身不由己。除非你下來了，接替你的是你的一個最親的人。肥水不流別人田。」男的說，自言自語，又像在給一個答案。

「這也是道理。」女的說。

他們沉默了好一會兒，然後女的首先開腔。

「真的很巧，我昨晚看了一個訪談節目，是對一位著名女明星的專訪。內容其實也沒有甚麼特別，卻也已包含了她大半人生的起落，很有我們剛才談到的有關成年世界邋鞦韆架的況味。年輕時，她就像很多人一樣，經歷了講究大公無私的時代。當年她作為一個年輕人，心靈原本就是充滿理想，整個紅火時代背景下，日子就過得熱火朝天了。後來大環境發生天翻地覆的變化，接踵而至的各個時期的大時代，把她塑造成今天的樣子。從訪談中可以看到，縱使環境有多大變化，她都能夠以她天生的本事，如魚得水。憑着她的演藝身分比較容易得到的機遇，加上她的能力和手腕，賺了很多錢。隨後過的日子就變得與昔日簡樸的生活方式，有了天淵之別，構成了她的多姿多采的傳奇人生，成了媒體津津樂道的風雲人物。多姿多采的生活歷煉，其中不論是喜怒哀樂，成功挫敗，都可以讓一個人成熟，變得圓滑世故。人情世故都通達了，真誠縱使還不至於蕩然無存，怕也所剩無多。然而她在訪談中，談吐應對之間，卻更加得體，所有世間的真理都讓她一個人説盡了。這樣的得體讓人感到傳聞中有關她一筆一筆緋聞、財政上的糊塗帳，似乎不會發生在她身上。只是，雖然很有口才，給我的感覺，她在名利場上浮沉，已不能自拔。一個人即使如何春風得意，實質上，很多事都已是身不由己。表面上很風光，卻怎樣都無法讓人覺得她是得到了幸福和快樂的人，名利場上的爭鬥，她已遍體鱗傷了。但她的人生走到了這個階段，按世俗的標準，算是過得風風光光的了。不論她是否仍然樂此不疲，或者已疲累不堪，為了人家眼中的那份風風光光的感覺，恐怕至死，她也下不了正盪到最高處的鞦韆架。」

「她真的下不來了。」

「眾人的仰望，會讓人產生快感。但要是害怕這種眾人仰望的失去，成了心理負擔，就是不幸了。」

「這是很多人，特別是名成利就者的寫照。」

「下不來，有各種冠冕堂皇的理由，各成道理。」

「你看見過小孩子因為媽媽趕着回家，不讓她多點時間盪鞦韆，而纏着媽媽哭鬧嗎？」

「見得太多了。說不定不久就有一個孩子纏着母親哭鬧。孩子都是這樣的。這是天性呀！」

「為了盪鞦韆的事，成年人也可以流很多眼淚。」

「這是必然的。」

「只是問題複雜得多了。」

「對。」

真的複雜得多嗎？

女的還在想着這個大哉問。

也許在一個人的一生裏，到底自己是否已經下了鞦韆架，也很模糊，甚至自己以為已下了鞦韆架，其實還沒有。或者，隨時都會再上去。問一個人到底下了鞦韆架沒有，是個很沒趣的問題。

不知不覺已到了黃昏。

天氣好的秋日，夕陽真的是美得動人心魄。血色的太陽浮在遠處的海水平面上，天邊是瑰麗的晚霞，樹梢上，人身上，都披掛上金黃色的餘暉，像是太陽在邀請大家參加一天裏的最後一場盛會。

這個時候，女的説得有點動情。

「你一定會留意到蒼穹也有個鞦韆架，只是它跟人間的鞦韆架不同，是倒懸的。就像是人間鞦韆架的倒影。也許天空是面鏡子，把人間的鞦韆架影照在它的鏡子裏。天空為甚麼化身為鏡子，因為上天看不慣人間的鞦韆架太不像樣了，要以天上的月亮和太陽來做個示範。人間呀，你們張開眼睛看看，無論是月亮或是太陽，都像是豁達的旅人，高高興興從低處的地平線出發，到了最高處，飽覽了風光，然後心滿意足地下山。每天都過着這樣的日子。你看，就是這個時候，太陽回家了，落下來了，一切都變得更加美了，一切都變得如許安詳快樂，比起我們人間兒童時代盪鞦韆還要輕鬆快樂。」

男的默默地點了點頭。

「可是，那是天上呀！」

「只許天上有。你的意思是不是這樣？」

兩人相視而笑。

一切盡在不言中。

「不許人間有。」

暮色變成了夜色。

千家萬戶，華燈初上。

燈光令整座都市更加立體，好像有意阻止月亮出來。

人間不想月亮為他們作示範。他們的心靈已無法回到這麼豁達的意境。

一男一女站了起來。

原來他們已經坐了很久了。

但月亮仍然出來了。

月亮知道，人間還是有人欣賞它的。

「最動人的東西都是永恆的。你看月亮，不管月亮是升至最高處，或是落到最低處，不論是月圓還是月虧，都是以不變的安詳的目光凝望人間，讓人間感受到溫暖、心安。」

「對，因為月亮知道人類不能豁達的面對上與落。上與落，對人類來說，是一個多麼大的難題呀！」

「縱使月亮給了人類千千萬萬年的示範，也難以讓人間明白，原來可以這樣安詳，這樣一生一世快樂度過。」

「你可以問一個問題，向你熟悉的或陌生的人，問一個問題。」

「甚麼問題？」

「你上次仰望月亮的時候，是甚麼時候？」

男女都笑了起來。

他們就要告別了，其中一個突然説：「其實我還有一點想法，想補充一下。」

「你就有這麼多的想法要補充嗎？」

「完全要怪你，是你啟發了我，讓我的想法不斷出現。」

另一個笑了。

「那麼説出來聽聽。」

「按我看：月亮並非有意向人間示範。要是它高高在上，樣子就不會千千萬萬年都那麼謙卑了。月亮並不需要人間去仰望它，是因為人人喜歡它，才會去仰望它。仰望月亮時，還有發出各種的感懷。如果是被迫去仰望它，哪裏會有那麼多的以月亮作為題材的動人詩文。」

另一個笑了。

「這也言之有理。也許可以改作這樣的説法，希望人間能夠以自己的睿智來理解月亮的這種示範。」

男女又再次相視而笑。

他們確實都有很喜悦感覺，以前未曾有過呀！那麼，這就是長者的專利了嗎？以前總像是在迷霧裏，看甚麼都不清楚，只有迷惘，突然之間卻豁然開朗。也許人間傳説中的喜，就是這樣。

一種頓悟的喜。

稱呼

一

大樓的大堂，來了一位妙齡少女。

有個街景，現在已叫人感到很眼熟。

在來到大堂之前，她極可能就是這個街景芸芸眾生中的一個：她的右手拎着一個白膠袋，膠袋上黐貼着一張白色餐單。餐單一路上隨風飄動，招搖而來。有了這張餐單，人們就知道，她去買了外賣回來了，或是：「送外賣的來啦！」

保安室裏的保安注視着她，不論是作為住客還是送外賣的，她都顯得眼生。

少女一頭染了金黃色的披肩長髮，不看正面，以為是鬼妹。染了類似髮色的少女、少婦太多了，或許曾經很新潮，現在已庸俗得失了個人品味。

現代女性為自己身材定下了幾條嚴苛標準，首先要有瓜子臉，之後逐級往下，該是寬肩、豐胸、細腰、美臀，而且必然要有適當高度，這樣才能充分展現玲瓏浮凸，讓婀娜多姿身段有足夠伸展的空間。當然，還要願意為了維持這樣的身段而作出不懈努力。

這樣的「魔鬼身材」，除了得天獨厚，還要輔以花費不菲的人工營造，譬如化妝、服裝、以及平常人想不到的因素。她們已是宛如高級手袋的奢侈品，很高級，是限量版。

這些優點，在她身上都欠奉。

這也罷了，她身上的一切，好像都是模仿而來的，神態、舉止，衣着，都是。畢竟是生活在現代都市，模仿確也很容易。

一件白色上衣，配上一襲相當飄逸的寬鬆紫色長裙，要是只有她這樣穿着，確實看來美觀悅目，品味不俗，其實也不過是很流行的時尚。

化了淡妝，化得很精緻，看來是花了不少時間，費了心思。但從少女到成熟的中年女子，這樣的化妝術都不過是基本功而已。

保安室裏的當值保安注視着這樣一個這般打扮的少女。
如果她是來送外賣的，好像不大似，保安因為有這樣的直覺，臉上就顯出了疑惑。
不理會保安的注視，少女逕自走到對講機前。
她按照着地址上的某層某室，按着對講機的鈕鍵。
對講機的音響設計很差，一響就給人不祥的感覺，嘟嘟嘟嘟嘟嘟，就這樣單調的一直響着，讓人覺得對講機整天被人按着，很不耐煩。
為甚麼自己要當這種服務於人的東西呢？既然是服侍人，就要給人任按。
為甚麼不設計得悅耳些？一種歡迎歡迎的聲音？
果然，對講機一直固執地響着，沒有人接聽，肆無忌憚拒人以千里。逐漸變成了像是一個尖着喉嚨拼命嚎啕大哭的孩子。
送外賣的，一定很怕這種聲音。徒勞無功卻又無可奈何。
少女重新在對講機狠狠地按了一次樓層，確定了沒有人會理會她，突然一個急轉身，寬鬆紫色長裙隨着急促飄動，像是颳起一陣風，畢竟是少女，有着青春的力度，有青春的一團火。

轉動的身姿，也像很多年輕母親，一遇上難纏的孩子，就會這樣，轉身就走，來唬住孩子，孩子就算還收不了哭聲，都會追上來，少女的動作和表情好像都有這樣的潛台詞。

「鬧夠了嗎？」

無比的煩躁，發洩着怒火。

對講機還沒有鬧夠，還是在不停地嘟嘟嘟嘟嘟嘟，像一個沒有被唬住的不聽話的孩子。少女的怒火，此時就像充當為一輛跑車加油的油，步伐邁得更快。

但真的有些甚麼，在追着她。

那是保安室裏的保安，保安急切地大叫一聲。

「姐姐！」

保安應該是想對她説明或解釋些甚麼。無論是從他滿臉的笑容和柔和的聲調，都是善意的。

不防少女又猛地轉過身來，像飛刀一般，飛去一個凶悍的眼神。

「姐姐姐姐（語調急促），你去死啦（語調變得凶狠，雖然因為發音的關係，不能咬牙切齒，不過讓人聽上去，效果就是這樣），阿伯（絕不是敬老的尊稱，相反，是刻意要有種侮辱性的，語調的尾音像攀登泰山那麼的用力抬高），姐姐姐姐（語調像機關槍一般的連環發射）」

「小姐！」保安最初像中了飛刀一般，呆了一下，但很快知道自己用錯了稱呼，快如閃電，改用了稱呼，還恨不得從保安室裏衝出來。但小姐怒吼了後，已消失得不知所蹤。

就在此時，一個很響亮的童音響了起來。

小朋友童稚聲音其實是蓋過了保安叫「小姐」的聲音。

小朋友耳尖，他極可能聽到少女怒喊「姐姐姐姐」的聲音了。

「姐姐，點解有人無端端鬧你，你又無得罪人。」

「唔關你事，也唔關我事。細蚊仔，唔好多事。」揹着書包的姐姐說，語氣果然像個姐姐。

這句話當然是菲傭姐姐對細蚊仔說的。但聽在保安耳裏，更像是對他說。

雖然剛受到衝擊，但保安保持着很高的專業服務水平，不但是對女傭姐姐、細蚊仔，還是對出出入入的人，仍能保持着笑容。

做個保安，就是要保持穩定情緒，應對任何突發事情。在自己職責內要理的事，就要理一理，但不免就惹來惡意反應了。服務業，就是會面對這樣的事。

女傭姐姐拿出住戶咭，往對講機啪了一下，對講機上的小綠燈立即亮了，門可以推開了。

對講機運作正常。

女傭姐姐把門打開，細蚊仔剛要進門，又扭過頭來對保安說：「叔叔，頭先姐姐點解叫你做阿伯，你咁後生，最多叫你做叔叔。」

「你又多事啦，我要同你阿媽講。」姐姐說。

但細蚊仔的話像一陣輕風，抹平了湖面上剛起的一點漣漪，春風總是讓人舒適的。

保安尷尬地笑着。

坐在保安室對面座位一位老婆婆，用看乖孫的寵愛眼神，望着細蚊仔。

「這孩子很趣緻。」

二

像這樣的屋苑的外貌和佈局，在香港已很常見。

好像都運用了一種格式。

一共十來棟三十多層的高樓，一字型排開，典型的屏風樓。

屋苑四周由鐵欄團團圍住，重要的出入口總是豎立牌子，上書「私家地方」。保安二十四個小時駐守，汽車一駛進去，就是私家馬路了，除了供居民的私家車出入外，也供外來的各類車輛出入，諸如的士、貨車、救護車，等等，算是沒有店鋪經營的私人街道，有寬敞的行人道。

前面是這樣有私家街道的佈局，後面則絕對是私人地方了。是屋苑的後花園，種植各種花草樹木，設有私家泳池、兒童遊樂場、噴水池。私人街道不會車水馬龍，行人道也不會熙來攘往，更多的是悠閒。抬頭往往可以看到一大片藍天白雲。

送外賣到這樣的住宅，不容易，是要走很多路的。要送外賣到這種屋苑，要不是電單車，起碼也是騎單車來吧。不像市區尋常街道上的某間茶餐廳，接到附近某棟大樓的客人的外賣訂單，走幾步就送到了。

此時，一張設於行人道上的長板凳，坐着兩個老人，似在閒談家常。

剛才，少女送外賣來時，兩個老人是沒有特別留意的。屋苑經常有各色人等出入，郵差、快遞、裝修工人，每天都要出現，提供各種服務，也不為意了。

現在，看見少女怒氣沖沖走了出來，手裏依然拎着外賣，然後跨上單車，一溜煙走了，兩個老人立即就想起了剛才從大堂裏傳來的少女的吼叫聲。

這時，推着滿載着黑色垃圾袋的木頭車的清潔女工經過了她們眼前，垃圾袋堆得太高了，清潔女工不時要側着頭，看看路面的情況，撞到人就不好了。

「阿姐，早晨，食飯未呀？」老人照例打招呼。

「未。」

「阿姐好勤力。」

「無辦法啦，搵兩餐。」

也許沒有更好的話題，兩個老人又談起了那個少女。

「走了那麼多路，才來到這裏，卻又沒有人收，也怪不得她很惱怒。」

「是呀！不過這也是她的年少氣盛，惱怒得起。搵食從來是艱難的。」

「這話也說得不錯。這樣年輕的女仔，怎麼想到要做送外賣這份工。」

「我看多半是客串的吧，找點零錢，這是一份自由度很大的工。你看她的裝扮，還有誰是會穿着長裙來送外賣的。一看就知道她沒有經驗。」

這時，有個女保安路過，兩個老人就問，怎麼大堂剛才有點吵鬧，女保安就笑着把經過說了出來。

其中一個說：「我們天天把清潔阿姐叫阿姐，她從來不惱怒。」

兩個老人聽了，又都笑了起來。

「很可能還覺得我們尊重她。」

「不過提到這個女孩子，情況不同。保安把她叫做姐姐，她真的會惱怒。這不就是把她等同於女傭，要是年老，可以不當一回事，可是她這麼年輕，被人這樣稱呼，會感到很刺耳，如果不感到受了侮辱，也不合常理。」

「應該是這樣吧。也正因為她年輕，對人情世故還不可能看得通透，很難明白既是做了這份工，不如意的事就會遇上。」

兩個老人沉默了一陣子，其中一個說：「這個女子送外賣，可見她的家庭背景，很有可能也是貧困的。肯做這份工，可見不會是嬌生慣養。」

「送外賣是辛苦活，日曬雨淋。要是這個女孩生活在我們那個年代，她又會是怎樣的呢？」

「同樣不會好命。我們那個時候，電子廠的女工，想起來都會心痛，十來歲就出來做工幫補家用了，一進廠就一直做下去了，哪裏會想到甚麼前途這樣的事。現在是強迫教育，升不了大學，也可以進入專業教育學院，學得一門謀生技能，這個送外賣的女孩，當然是暫時做的，那有可能是長久做這份工的。」

「你的意思是現在的女孩子幸運得多嗎？」

「照道理，應該就是這樣，不會被困死。不過我有種感覺，我想是會畢生難忘了。原來我也那麼看重自身的價值。我們在製衣廠製造衣服，衣服是可以賣得錢的，我們把衣服製造了出來，我們本身也感到有價值。試想一想，趕工的時候，廠長就不要說了，就是老闆，也會來到工場，一路向卑微女工點頭微笑，鼓勵士氣。老闆這樣做，當然是希望我們為他拼命，但我們聽在耳裏，也感到自己很有價值，雖然我們的價值總是被人利用。這種價值感極可能是虛幻的，假的，但這是另一個問題，很無奈的。但這樣的感覺我們確實有呀！感到很愉悅的，不是很正常嗎？」

「我們都有共同的經歷，當然感同身受。製衣廠式微了，我們還不能全身而退，還得謀生，就得轉型。從製衣廠女工，轉變成了連鎖快餐店收拾碗碟抹枱的女工，同樣是從早忙到晚，卻是要處處陪小心，對誰都禮貌微笑。人人都是老闆。要是手裏捧着的盤子不小心碰着了某個自以為很尊貴的顧客，隨時引來一場無理的辱罵，幾乎任何時候都要任由辱罵，自我價值感還能剩下多少？」

「我手裏這張舊報紙，就報道了這麼一單新聞，說是一對男女到商場一間餐廳準備用膳，疑不滿落單後半小時未上菜，截單離開時，該名女食客遷怒餐廳收銀員，肆意指罵，氣燄囂張地抛下金句，說是你企樓面就要受氣，然後拂袖而去。」

「肯定不少人有這樣的心態，而且在做了。心裏不暢快，就去隨意發洩一下。而且對方看來都會忍得就忍，不會還嘴。」

「這樣做了，心裏可能會感到很痛快。社會上心境不愉快的人恐怕很多。我們經歷了從製造業轉為服務業的過程，看到了其中的變化，感受當然特別深。製造工人很辛苦，從事服務業的人也很辛苦。辛苦之外，服務從業員在每個生活細節上都變得戰戰兢兢，逢人滿口先生小姐，很重視稱呼。這樣一來，好像連虛幻的自身價值一點兒都不剩了。」

「從事服務業的人也是人。正常的情況下，每一次受辱，都會像是往火山添油，在滿臉笑容下，可能是一座待爆的火出。潛伏的火山愈來愈多。」

另一個聽了，沉默了很久很久。

然後，她深深地歎了一口氣來。

這是一個叫人不愉快的話題。

在服務業時期，怒氣真的會這樣逼人而來嗎？

怒氣很傷身呀！

木蝨與病毒

這是疫情爆發初期的一段哀傷故事。

那時，正是呂秀枝帶着五歲女兒入住一間面積細小的劏房，感到人生陷入最黑暗最低谷的日子。

「劏房」這種名詞她耳熟能詳，待到山窮水盡，不得不入住時，難以想像的惡劣環境形成的惡夢感覺，變成了實實在在的人生。

空蕩蕩的、狹窄的一塊空間，呈現眼前，出於本能的即時反應，是掩臉痛哭。一無所有的哀傷感覺，這樣強烈、真實、排山倒海地向她壓了過來，人生被壓縮到如斯不堪田地，除了窒息、迷惘，還剩下甚麼呢？不是絕路是甚麼？

不過，呂秀枝還是極力忍住了，這樣的情緒反應無補於事，只會嚇壞緊緊抱在懷裏的女兒，必須盡快從迷惘掙脫出來，才是道理。

要緊的是擺好一張讓她們母女可以躺下休息的床。然後，不理還有多少空間剩下，總得擺一張可以摺疊的檯。這是可以用作吃飯的地方；孩子做功課的地方；臨時可以擺放物品的地方。

就像一個人必須有手有腳。床是一個人的手，檯是一個人的腳，沒有了它們就諸事不便。擺放衣物的地方，放置一把電風扇，一個電飯煲，也都需要一點地方。即使是貧賤小家庭，日常必需品也多不勝數。一面鏡子、一把間尺、一把剪刀、一把指甲鉗、一支筆、幾種必要藥品、一樽沐浴露，一包白米。

應該還有很多很多，一時想不起，需要時就必須買的物品。

跟前夫一起生活，感覺一切如置身地獄的呂秀枝，好不容易簽字離婚的那一刻，只覺得是個大解脱，從此天大地大了。贍養費是不敢奢望了，所幸的是五歲小女兒可以跟自己過活。然後新的生活在她眼前展開，這才發現，她的人生是一個難關緊接着一個難關。沒有喘息的空間。

社工是大好人，幫她成功申請了綜援，只要節衣縮食，即使暫時不做工，生活也可以暫時無憂。只是住所，雖然已經立即申請公屋，但不知要輪候到何年何月，萬分徬徨下，租住了劏房。

呂秀枝原以為，她早已習慣了人生種種苦處，也早已習慣了既來之則安之。婚姻破裂很痛苦，痛苦得使她失去了痛苦的感覺。該有的痛苦，早已在過去幾年跟丈夫一起生活時，飽受夠了。

但原來並不是這樣，當生活出現了新的生機，新的希望，痛苦感覺也跟着甦醒過來了。

呂秀枝並沒有自己想像的那麼堅強。她感謝社會為她設下救生網，讓她不至於一摔就摔到地面慘死。

但一想到小女兒與她相依為命，她為小女兒帶來的竟是這樣的童年，在稍為安頓了下來後，早前強自壓制下來的痛哭，再次像瀑布一般，一瀉而下。

呂秀枝知道自己必須放縱一下，沖洗一下，不然，積壓在心裏的悲哀痛苦永遠清除不了。那麼，她該如何重新開始呢？呂秀枝明白，她永遠都不會有「事過境遷」的舒暢感覺了。但心情總會有較為平復的時候。

呂秀枝搬進劏房後，正值嚴冬時節，想着有個即便是再簡陋不過的蝸居，作為棲身之所，還不至於淪落街頭，也當是幸運了。她無法想像露宿街頭的人，怎樣把嚴寒日子打發過去。

瑟縮於天橋底，以紙板來阻擋寒風嗎？或是等待政府庇護中心的開放？或是做麥記難民？

在溫暖的被窩裏，腦海裏浮現的種種想法，讓呂秀枝竟然有種幸福感。

呂秀枝努力適應着新的環境，為女兒尋找新的幼稚園，附近有甚麼街市、遊樂場，輪候街症的公立普通科門診在那裏？都去了解一下。只要起碼的日子能夠捱得過去，守得一日算一日，已非常好了。不要放棄希望，日子總是會好起來的。

春暖花開的日子來了，一個週末，她帶着小女兒到公園遊玩。她有種從極大困境裏挺了過來的感覺。甚至，她感到，她的容光重新煥發了。

但災難悄悄來臨，毫無痕跡，才最叫人害怕。

一天早晨，呂秀枝起床後，覺得腿部奇癢，伸手摸了一下，大吃一驚，整個腿部處處癢腫，再摸幾下，感覺更癢了。她猛然想起，小女兒整晚都睡得不安寧，身體不斷翻來轉去。她連忙檢查一下女兒身體，嚇呆了，眼淚即時滾滾而下。女兒幼嫩肌膚紅腫處處，比她還要多，身體外露的地方都有紅腫，腿部、頸部、手臂都有。她輕撫着，想着女兒是被甚麼咬成這樣的呢？似乎有蚊子聲，但也不至於渾身被叮成這樣。想着有甚麼可惡的小生物跟她們住在一起了，心中不禁一陣寒顫。

帶着女兒去看普通科門診。母女都患了同一個病症。醫生望着她，帶了點猶豫的口吻問：「家居的環境怎樣？」

呂秀枝知道面對醫生，必須實話實説，有助診斷，於是回答説：「住劏房。環境太擠迫了，也不可能定期做徹底清潔。」

醫生聽了，點了點頭，表示明白。

「給木蝨咬的。我開藥方給你們。」

離開診所，呂秀枝拖着小女兒，慢慢走着，不知所措。給木蝨咬，會不會最終釀成了大病？很後悔剛才不向醫生問清楚。應該不會，不然，這位好心的醫生早就告訴自己了。

如果不會釀成大病，就不過是貧寒家庭的一個莫大的生活滋擾問題。

好不容易安頓了下來。原來這個家，不是個真正的可以安居的家。把原來的家拆散了，建立另一個安樂窩，會容易嗎？

回家途上，一時又感到回家原來就是畏途。難道小女兒每天都要受到木蝨的侵襲嗎？

世間沒有淨土。快到家門，想到哪個陰沉的家，拖着女兒猛然轉了個彎，朝着小公園走去。這是她們母女可以稍為喘息一下的避難之所了。

木蝨藏在哪裏？還會有甚麼好去處？當然就在最靠近自己的床上，甚至在自己穿着的衣服裏。

燈下，呂秀枝拆開被子。一看真是毛管戙。一隻一隻污黑的木蝨盤據在被子上，好像是牠們溫暖的家園。

呂秀枝用指甲抓起一隻，順勢恨恨的捏了一下。手指上即出現了微微血跡。以為木蝨有硬殼，卻想不到生命如此脆弱，禁不起一捏已嗚呼哀哉。被單上的木蝨逐一被她捏死，心裏有一陣難以言喻的痛快。

也許是消滅了木蝨，心裏少了牽掛，也許是太疲累了，這一晚竟像是昏睡了過去一般。

翌晨一醒，像是從惡夢中醒來一般，渾身奇癢。她抱起女兒，見到的首先是頸部紅腫斑斑。從腿部開始，外露的身體都紅腫，她抱着女兒，近乎失控地痛哭了起來。

惡魔，惡魔！她絕望地詛咒着。

在女兒的身上尋找惡魔，一口氣都把它們捏死了。再查看被子，昨天捏死的木蝨復活了，呂秀枝逐一把牠們捏死，手都麻木了；心也發麻。從來都沒有這樣慌亂的感覺。原以為很脆弱的木蝨，繁殖能力原來是如此強盛，殺之不盡。怎也避不開了。剛把發現的木蝨殺死，新的一批已在不知不覺之間進駐。

呂秀枝很快掌握到有關木蝨的一些最基本知識，但有了這些知識，不但於事無補，反而增加了毛骨悚然的感覺。

木蝨的身體偏平，所以，甲由無法出入的罅隙，木蝨也可以輕易存在。木蝨就生存於木造的床的罅隙裏。一張床的罅隙有多少？所以木蝨的生存空間實在太大了。衣服的罅隙，都是牠們的生存空間。即使是好幾個月不吸血，仍然可以生存。你鬥得過牠們嗎？

天氣愈來愈暑熱，劏房愈來愈無法久呆得下去，不出去透透氣是不行的。

像她們這樣的母女，被視為弱勢社群，而這個社群最大的特徵，是對危機的逼近，都比別人反應遲鈍，然後是束手無策。然而無論是反應敏銳或是反應遲鈍，分別也不大，即使反應敏銳，同樣要坐以待斃。

一天早晨，呂秀枝看見街上出現長長人龍，不見首也不見尾，不知道人龍到底有多長。為甚麼排長龍？一對不大出門，出了門總是獨處一隅，連電視新聞也沒有常看的母女，消息總是閉塞的。事實是，沒有時間，也沒有能力把自己和家人的基本需要，照顧得周全，甚麼社會新聞，都不重要了。

早春二月陽光很燦爛，呂秀枝卻嗅到空氣中彌漫着惶惶然的氣味。尤其是，當她看到了排隊的人盡是中年家庭主婦，或是老人家，那股惶惶然的氣味已壓迫着她而來。

她真的是後知後覺了。但也不僅僅是觸覺不敏感的問題，而是她早已被蝨患的滋擾淹沒了頂，煩惱已極，顧不了其他了。

可以想像這麼一種情況，被海水淹沒了，還沒有死去之前，也還是有機會浮出水面，呼吸一下，呂秀枝的情況大致也是如此，上街一看，發現原來比起蝨患更大的危機，已逼近而來。

呂秀枝看到的人龍場面，雖然沒有像新冠病毒擴散那麼迅速，卻也複製得快如閃電，已先後在各區出現。也許也是呂秀枝過於後知後覺的緣故，沒有留意這樣令人心悸的場面，其實早已出現。

確實，比起蝨患：新冠病毒更能奪命，被波及的人更多，更加叫人惶惶然的場面也就愈來愈頻繁出現。

一間大型的出售藥物，清潔用品的連鎖店外面，排着長長人龍。這條長長人龍會激起兩種迥然不同的心理反應。

此時此刻，人們為了撲得一盒口罩，已陷入明顯的恐慌中，長長人龍帶來一絲詭譎的希望，大家有這樣的想法，既然是這麼多人排隊，應該是貨源充足，又是這樣的大型公司，會顧及商譽，不會輕易叫人苦等而毫無收穫，總可以買到一盒口罩。

有的會想，長長人龍會攤薄買到口罩的機會。這樣想着，絕望感又加重了。

然而真相是：這間連鎖店出售的不過是二十盒口罩，這樣荒謬的情形，在尋常的日子裏，有哪一間店鋪敢做得出？不怕損了信譽嗎？

但在疫情期間，這樣做就傳達了一個訊息，加強了信譽保證：我們也在全力搜集口罩，以應付顧客的急需，一有貨就推出，絕不囤積居奇，這就是一種關顧顧客的姿態。

後來，不論是哪一區，輪候者吸取了教訓，三更半夜已起床排隊。有的人甚至跨區去排隊。

呂秀枝的步伐已趕不上這座都市的步伐，她發現自己已陷入可怕的口罩荒的漩渦裏。她比任何人都沒有能力買到口罩。

這些日子一直慣於獨處，極力避開人群的呂秀枝，因為口罩的緣故，不得不跟這個紛亂的世界聯繫上了。

到處都是戴着口罩的人。各種款式，各種顏色的口罩都有，這顯示了，賣口罩的地方很多。為甚麼呂秀枝會這麼不濟，不知門路呢？每一間她知道的會賣口罩的店鋪，她都會去碰運氣，她是遲人一步，還是遲了很多？每次她看到的都是店鋪掛着「口罩、搓手液售罄」的告示。

因此，呂秀枝不是不肯戴口罩，而是沒有能力買到口罩。

不是沒有錢，而是沒有機會。

偏偏在路上遇上的人，幾乎百分之百都戴上了口罩。如果又戴上了帽子的話，整個面龐，就只剩下一雙眼睛了。這顯示恐慌的情緒加劇了，人人都加強了防疫的意識，連頭髮都不要讓病毒沾污。呂秀枝敏感地察覺到，每一個她遇上的人，即使只不過僅剩下一雙眼睛，眼睛裏都流露着一份畏懼，是明顯害怕沒有戴口罩的她。對新冠病毒的恐懼，神奇地轉移到她的身上了。原本迎她而來的步伐，立即作了調整，變成了要避開她的軌跡。

實質就是這樣，人們怕她了。從來就只有她怕人，怎會突然之間變成了人怕她呢？

人們怕的是病毒。她狐假虎威了。

沒有能力買到口罩的她，露出了一張空洞洞的臉。這容易傳播病毒。

她這麼一個低微的人，原就不喜歡暴露於眾目睽睽之下，現在卻因疫情的關係，變得惹人注目了。

人們在她的臉上看到了甚麼呢？惶惑、無助、悲苦、或是某種難以言諭的情感混合體。

呂秀枝自己猜想，她現在流露得最多的是甚麼呢？應該是求饒的眼神。潛台詞是：不是我不戴，實在是我買不到口罩。你可以賣幾個口罩給我嗎？不是免費送的，只要賣給我就是很大的恩惠。在這個特別時刻，最重要的不是金錢，而是口罩，是關乎生命的，其實更關乎自己尊嚴的，不必把自己的臉龐赤裸裸暴露於眾目睽睽之下的口罩。

那麼，她該怎辦呢？就像嚴冬一樣，一出門就用圍巾把自己的臉部包起來，僅剩下一對眼睛嗎？如果到了炎夏病毒依然沒有消失，就仍然以這樣的裝扮，作為預防措施？

呂秀枝很快就理解到了，沒有戴口罩的人，就是罪人了。不論到甚麼地方，搭巴士，坐電車，乘地鐵，到超級市場購物，到街市買餸，只要人多的地方，就一定要戴口罩，這已變成了做人起碼的道德標準。為人為己。即使到了自家門口，樓宇的入口處，早已豎起告示牌：「為人為己，請戴上口罩。」

呂秀枝感到，她遇上的人，從他們的目光看來，早已沒有人會為她操心「買不買到口罩」，只視她為一個沒有道德的人。

最客氣的人，都會以眼神來責問，你為甚麼沒有戴口罩？呂秀枝覺得以眼神來問她的人，採取的方式很直接，非常明顯，當她是愚婦，甚麼都不懂。真的要像教孩子那樣教導她嗎？沒有戴口罩就可以傳染病毒給別人。別人也可以傳染給你。當你傳染給別人的時候，就可以一傳十，十傳百。呂秀枝只能有口難言，要是她說她早已知道這個道理，只會叫暫時還有點耐性的對方，無名火起三千丈。你既然已知道，為甚麼不照做？

如果是走在路上，還可以有空間讓人迴避，以異常誇大的動作來迴避她，這些都是很正常的。

以正常動作來迴避一個不正常的女人。

在那個疫情爆發初期的日子裏，她的確有很多機會碰到讓自己感到不知所措，無地自容的事情，並且因為這樣而愈加相信自己是個不知悔改的人。

電梯是個狹窄，無可迴避的地方。在一個呂秀枝還沒有口罩可戴的日子，呂秀枝不得不去一個地方辦點事。她不得不搭電梯。她選了一個無人跟她一起搭電梯的機會上去。

可是搭電梯下來的時候，中途電梯門開了。一對中年男女進來。進來時是沒有發現她沒有戴口罩的。但一旦發現面前站的就是一個沒有戴口罩的怪物，中年男女立即轉身，縮成了一團，他們大概感到遇上了一個會吞噬他們的惡魔。電梯只不過下一層樓，就到了地面了，時間長得像是天長地久。中年男女是恐懼，呂秀枝是無地自容。

呂秀枝想，再怎樣要緊的事，沒有口罩可戴，都不應該到處亂跑。

到了地面，電梯門一開，中年男女就像逃命一般，衝出電梯。

留下來呆在原處的呂秀枝，想哭，卻哭不出來。

就在這個時候，一把柔和的聲音在她耳畔響起：「怎麼不戴口罩，買不到嗎？」身邊站着了一個穿着整齊黑色行政套裝的年輕女子，從口袋裏拿出了兩個藍色口罩，微笑地塞在她手裏，她是剛走進電梯的，看到了呆在原處的呂秀枝。

人間有情呀！

呂秀枝遇上這個貴人，感到特別溫暖。

不久，呂秀枝就遇上了這件事。

當時她在街上，沒有戴上口罩，她是來輪候買口罩。

她得到好心人賜送的口罩，她一心只想留給小女兒。她不會用的。

她來遲了。滿目是緊緊擠在一起的密密麻麻來輪候買口罩的人群，龍尾也不知道是在那裏。

呆在原地，六神無主，不知是否該去找龍尾，人這麼多，還有機會嗎？

一定就是這個愁苦樣子，讓新聞觸角敏銳的電視記者看到了，當機立斷，認定她是個值得訪問的人。

人群密集的地方，而她卻沒有戴上口罩。

一個沒有戴上口罩的人，滿臉愁苦，就是一個跟口罩最有關的人。

記者持着咪向她走來。

呂秀枝想逃跑，卻無法走動。

記者的判斷完全正確，這個訪問播出後，成了撲買口罩時期的一個非常經典的鏡頭。也許是因為，受訪者受訪時的特殊的真情流露，說出了很多小市民的心聲，感動了很多人。

當記者走近她時，呂秀枝的腦海很亂，她無法記得整個訪問過程是怎樣進行的，甚至連自己說了甚麼話都不記得。

因為她當時所說的話完全不必經過腦子，而是直接來自內心深處。

呂秀枝當晚在電視上看到自己的訪問，這個訪問在不同時段都播出。似乎電視台都覺得這是得意之作。

自己就是這個樣子嗎？

鏡頭一直對着她，好幾次拍了臉部特寫，因為在這個恐慌時期，一個沒有戴上口罩的中年女子太突出了。臉部特寫的鏡頭，顯出她的哀愁。記者一再追問為甚麼她沒有戴口罩。她只有惶惑的表情，不知如何回答，後來總算答了。

「沒有口罩可戴。」

「來排隊買口罩嗎？」

「已經排隊排了好多次了。」

「都買不到嗎？」

「都買不到。」

然後她的一個完全意外的動作發生了。是不由自主的。

見慣大場面的攝影師立即抓住這個機會，對這名女子的臉部來個大特寫。

呂秀枝看到電視鏡頭裏的女子，好像不是她自己，而是另一個命運跟她一樣的女子，一個沒有戴上口罩的中年女子。

電視鏡頭裏的這位女子，突然舉起手背，抹去奪眶而出的淚水。呂秀枝看到這裏，也不知不覺舉起手背，抹去奪眶而出的淚水。

她真的把電視鏡頭裏的女子，當是另一個命運跟她一樣的女子，呂秀枝為她而痛哭。

有誰真的會相信這位女子會僅僅因為沒有買到口罩，而這樣哭起來呢，是那種被遺棄的感覺，叫她滾下了淚。

為甚麼在芸芸眾生中，採訪記者偏偏要選中她呢？

給她一個訴說心聲的機會呀！

出乎意外的，她極出色地扮演了這個角色。她的極其率真的心聲和激動的情感流露，感動了很多人。

在這個恐慌時代，一定要搶到口罩。

呂秀枝首先想到的是一個很現實的問題：我真的有排隊去輪候買口罩的能力嗎？自己怎麼辛苦都可以，但是小女兒呢？讓她獨個兒留在劏房嗎？帶她一起去排隊嗎？別說飢寒的問題了，就是去廁所的問題，如何解決？你一離開，你的位子就立即被人群淹沒了。

呂秀枝能夠去排隊輪候買口罩，都是要拜託別人照顧小女兒才能成行的。但拜託別人，能有多少次呢？

專家和高官勸誡，在疫情肆虐的非常時期，最安全是留在家中。這種說法很有理由。已在極力逃避劏房蝨禍的呂秀枝，相信呆在公園裏，會更加安全。

但既然公園是公眾地方，又沒有像戴口罩這樣最基本的防衛裝備，在這樣的非常時期，新冠病毒最有機會找到她們母女。

日有所思，就會夜有所夢，這種說法，呂秀枝算是體驗到了。

有一晚，呂秀枝發了惡夢，夢見木蝨和新冠病毒同時露出了猙獰面目，牠們的身型很相似，全都變成了可以迅速滾動的圓球，圓球的周邊都是尖銳得可以置人死地的魔爪。無數滾動的圓球夾擊着她們母女，無論怎樣逃避都不能擺脫，到了一處懸崖，真的是無路可逃了。與其慘死在牠們魔爪下，不如跳下懸崖。就在跳下的當兒，呂秀枝驚醒了，滿額大汗。一般來說，夢醒後，不論夢中多麼驚險，夢中的一切都會忘得一乾二淨，最多也不過是模模糊糊。但這一次，呂秀枝卻對夢中景象記得清清楚楚。

不知是否因為壓力太大，呂秀枝似乎患了輕微思覺失調。有些症狀確實很符合。例如有時思維混亂，有時會出現以前沒有的妄想、幻覺。她妄想自己中招了。呂秀枝並不為此而苦，反而，焦慮情緒得以舒緩。她不但再也不怕被病毒感染到，反而很嚮往。

中了招，就會被送去隔離營。

被送去隔離營就這樣可怕嗎？

食好住好，享受慣了的人，確實是會害怕。

但她有何害怕的呢？隔離營一定比她現在的生活環境都要好。至少不會比現時住在劏房裏更差。隔離營應該不會有木蝨吧！隔離營是個好食好住的地方，恨不得入住哩！

呂秀枝有種從未有過的解脫感覺。她太累了。她覺得她以前所做的事都徒勞無功。為甚麼要為買口罩而焦慮奔波？

想起來，種種擔憂都是無謂的。其實沒有口罩倒好。就讓自己染病吧。染了病，自己就甚麼都不必理會了，就讓別人來服侍照顧自己，感覺太好了。

口罩恐慌時期終於過去。奇蹟一般，呂秀枝母女始終都沒有確診。

呂秀枝母女像所有市民一樣，都有口罩戴了。呂秀枝感到她的尊嚴失而復得，原來是這般美妙，最起碼的尊嚴，是最卑微的人都需要的。

疫情還是一波接着一波而來，而且來勢洶湧，確診以及死亡人數不斷增加，死亡人數已經破了一萬宗了，社會氣氛依然惶惶然。

呂秀枝經歷了嚴峻考驗，似乎得天獨厚，母女都練成百毒不侵之身。

上天對她們母女有了善待的特別安排，不然，她們母女不論從那個角度，怎樣看來都是最脆弱的，怎麼會有這樣堅韌的生命力？

呂秀枝感到有種莫名的遺憾：由於沒有確診，她們母女始終沒有機會離開劏房，到環境應該會較好的隔離營過一段日子。

人的一生，也許都有這麼一次遭遇吧，也許不止一次。

在新冠病毒肆虐的整段時間，更嚴重凶險的情況是在後頭，更加驚心動魄。

但呂秀枝對疫情爆發初期的日子，記憶卻特別深刻，太多不幸和不如意洶湧而來，一個人遇上了，整個情緒當然是很哀傷的。

失去了尊嚴，徹底的無助，會叫人很哀傷。

就是那種哀傷，太難受了，因而太難忘了。

諸事不順的日子，幸好總算挺了過去了。孩子又長大了些，生存能力應該更強。

疫情算是暫時過去了，劏房的惡劣情況開始受到注意，未來日子應該會逐漸好轉吧。

揮春

跟車送貨阿釗從貨車上跳下來，就像直接跳進了異常的低氣壓，感到一陣窒息般的不舒適，要在原地站立一會兒，透透氣。也不是年紀大，情況罕見。神智稍為恢復，才知道這是情緒上多於生理上的折磨。這也是很罕見，很奇怪的事。

應該是這殘年急景的歲晚造成的。

原本就是長年累月在繁忙的街道上奔波勞碌，早已習慣了熙來攘往的行人，川流不息的車龍，歲晚卻把滿目繁忙，演化成叫人百味紛陳的氛圍，迫人而來。

早就知道做了這份低三下四的牛工，管它是甚麼佳節，也得照樣在街道上奔波，就努力培養隨遇而安的心態，努力把一顆心安撫得無憂無慮。平日裏甚麼事都不去認真考慮，倒也相安無事。但此時此刻，在車上看到的盡是匆匆的步伐，有種歸家似箭的急切和渴望，至少有頓豐富的團年飯吧，心就不安寧起來了。

打算在歲晚這一天，靜悄悄請一天假，以免別人仿傚，然後找點節目，酬勞自己一下，體驗一下做個正常人，過農曆新年的美好感覺，但最近那場賽馬慘敗，明白自己是頭頭碰着黑，度佳節的想法早已提不起勁，有何意義呢？他的命就是如此。

平日裏，倒也早有一套瘋瘋癲癲遊戲人間的人生態度，胡混着過日子，樂得逍遙自在。怎麼到了歲晚急景，任憑自己怎麼開解，都無法讓自己快樂起來？莫非最低微的人，都有感懷身世的時候？

貨車經過的店鋪、住宅、公司，都可以看見零零落落張貼着揮春，然而農曆新年還沒有真正到來，有的揮春在寒冷的空氣裏，卻已過早的剝落了。

這是否隱喻着雖然誠心祈福，多少人還是要面對「年關難過年年過」的窘境？

阿釗看了看手上貨單的鷄腸鵝腸。只勉強認得出客戶、街名和門牌號碼。現在的大公司，大都用電腦出單，對着用英文打出的貨單，不一定認得出來。

急急地走了一大段路，縱使在寒風裏，汗水都已滲了出來。推着巨型雪櫃走這一大截路，不累死人才怪！這份牛工，X那媽……

現在的交通禁區劃得愈來愈多，禁區範圍也愈來愈廣，貨車輕易停泊不得，隨時要吃牛肉乾，只好停泊在離送貨地點愈來愈遠的地點。

貨車泊得愈遠，送貨的路就愈遠，送的貨愈大件，送貨花的時間就需要更長。結果是，累的就是他們送貨員。

除夕下午五點半，有些提早收工的職工步伐帶着送舊迎新的輕快，相信新年會更上一層樓，更勝舊年。

阿釗他呢？能有甚麼指望？仍像頭喪家狗，流落在街道。甚麼都矮人一大截的痛苦感覺，此時此刻冒了出來，分外沉重，但怪得了誰呢？

就像頭頂突然響起了一記焦雷，打在阿釗後腦勺上。他呆站在一個門口，眼睛變得直勾勾的。似乎死也不願相信，他要找的地址，就是這裏，再認真對照貨單上的地址，眼前一陣昏黑。他大大地歎了一口氣來，整個人像洩了氣的氣球。

「春滿乾坤福滿門」「天增歲月人增壽」的揮春，貼在門口的兩邊，一副喜氣洋洋的樣子，努力做着迎春接福的樣子。也不知道是在那個時候貼上的，像很多揮春一樣，有部分剝落了，在風中搖手擺尾，手舞足蹈的樣子，在阿釗看來，變成了對他的嘲笑。

看看這裏，除了揮春為新春添了點喜氣，就是長年累月積累下來的陳舊。狹窄的門口裏面，是一道又暗又陡的樓梯，也數不清有多少梯級。

阿釗有種欲哭無淚的感覺。老天爺真懂得作弄人，在歲晚，安排他們把巨型雪櫃扛上一道又暗又陡的樓梯，說不是命苦運滯，還有甚麼好解釋呢？

樓梯上，愈高處光線愈昏暗，因為沒有自然光。明顯是沒有管理的樓宇，連盞燈光都沒有。兩個送貨員的喘氣愈來愈急速，就像在比賽拉風箱一般。要是摔了下來，那會怎樣？真的不敢去想像。

裏面隱約傳來悅耳單調的音樂節拍，是那種緩緩的、叫人心平氣和的節奏，撳了門鐘後，卻沒有人應門的跡象。可能沒有人在屋裏的擔憂，在心中化為一股難以抑制的焦慮和沒頭沒腦的憤怒。阿釗正想大力拍門，門卻就在此時緩緩地打開了。在門隙流出來的光線裏，兩個送貨員都不約而同屏息了。

出現在他們眼前的，是個神情慈祥的老者。緩緩開門的動作，像在向陌生人介紹他不一般的風貌。

「送雪櫃來的，也不知你們是怎麼想的，除夕還要買雪櫃，過了年不行嗎？」阿釗粗聲粗氣地説着。

老者可像聾了一般，也許真的聽力不好，動作依然那麼緩慢，臉上多了份慈祥的微笑，叫人硬是生不起氣來。

碰上了這麼一號人物，心火逐漸熄了，阿釗感到自己的情緒發生了微妙變化。就像轉台的按鈕，要把電視台不喜歡的畫面完全換掉。

也真神奇，果然一下子把惡劣的情緒轉化為平日裏瘋瘋癲癲遊戲人間的心情了，阿釗決心不懷好意地作弄這長者一下。這樣做也許可以得到意想不到的樂趣，化解眼下不平衡的心情。

此時，阿釗做了個合什作禮的手勢，有膜拜的意思，頭顱上下搖晃，口中唸唸有詞：「阿彌陀佛，大師，慢慢來，不要着急。我們會把雪櫃安頓好。大師心懷慈悲，稍後也請把我們的心靈安頓好。」

老實呆板的拍檔阿吉看見了，不禁笑了起來，他知道阿釗又要來他那一套了。正是由於自己的木訥，他就更羨慕，喜歡阿釗那很有喜劇感的性格。有時，阿吉真的感到，阿釗的生活是沒有苦惱的。久了他才明白，阿釗是以惹笑的四兩力，來撥開千斤的生活壓力。

進入屋裏，才真確看清楚披着灰袍的大師，確實已老態龍鍾。儘管面對阿釗的胡言亂語，一點兒也不以為忤，倒是臉上的笑容，顯得更為豁達。

「呀！確是有道高僧，佩服佩服，大師，有勞了，你可以休息休息了，這裏自有弟子效勞。」說着，又做了個誇張的請的手勢。屋裏佈置得小巧素雅。正中是個小佛堂，供着佛像，沿着牆壁的架上，有佛經和古籍，案上有文房四寶和圍棋。這樣的氣氛，營造了飄飄然猶如出了塵世的境界。

兩人很快就把雪櫃安置妥當，看見步履蹣跚的大師已安坐案前，捻筆揮毫。「春滿乾坤福滿門」的門字，正寫到最後一筆。書法大概是雅俗共賞的一門藝術，儘管一般人未必能深入欣賞，但只要字寫得悅目，好壞還是分辨得出。兩人看着大師繼續寫「天增歲月人增壽」，頗為美觀的字體，倒使他們看得入迷。

「嘩！筆力雄渾堅實，顯得大師老而彌壯，弟子見所未見，大飽眼福。」

阿吉不知道阿釗可以冒出這樣文雅的話，卻是忍不住笑了起來。阿釗的這番話是以誇張的口吻說了出來，聽起來卻確實有大半是出於真心的讚美。阿吉的笑，倒是把嬉鬧和輕薄的成分大大的誇大了。

憑着阿吉的經驗，加上他無意識的推波助瀾，被戲弄者必會毫不猶豫向阿釗，甚至包括他，投來鄙夷的眼色，叫他自討沒趣，或憤怒的目光，叫他丟臉。甚或惡言教訓，但阿釗卻可以在他人的鄙夷和盛怒中，得到他應有的快感。

也許可以這樣說，這是在現實生活的重壓踐踏下，扭曲變形的心態吧。

不過，阿釗這一次卻不能得逞。

大師沒有出現阿釗預期的反應，只繼續專注一筆一劃的寫着。

此時，見到兩人在身邊，就轉過頭來說：「勞煩兩人離開時，把門關好就是了。我已走動不便了。」

莫非人真有返老還童這麼一回事？有一顆童心，即使意識到別人的惡作劇，都只會輕輕放過，不會計較。他已看透了滾滾紅塵，還有甚麼好爭的。阿釗這樣暗忖着。阿釗決心測試一下大師的功力有多深，於是忍着笑，說：「也算弟子有緣，得以到此，大師可賜墨寶？」

大師把最後一筆寫好，抬起頭來，笑着說：「寫字寫了幾十年，現在老了，已沒有筆力，承你們謬讚。既然你們不嫌棄，不知想寫些甚麼？」

原來阿釗的戲言，大師都在耳裏了，不知內心是以怎樣的海量，全部包容了。

「橫財就手啦！」阿釗終於憋不住，笑了起來。他要看這位大師露出驚愕的神色，這個粗人，無可救藥，竟然要他寫出這樣俗氣十足的揮春，簡直是大不敬。

但大師平靜得就像明媚春光下，波如平鏡的湖水，略略點了點頭，蘸了蘸筆，欣然捻筆揮寫起來，轉眼四個字已成。

「果然好字。大師，再賜兩聯吧，若得大師寫龍馬精神和狗運亨通，必能得個吉利。」

儘管態度輕浮，阿釗也不知不覺恭敬起來。他看着老者欣然同意，而且依然是一副慈和的、童真的、真誠的神態，他突然覺得，他真像一個打慣架的無賴，已習慣於不分青紅皂白，只知先發制人，與人死纏亂打，料不到遇上的是一個世外異人，輕輕一擊，就擊中了他的要害，使他動彈不得，失去了活動能力。

就像在塵世突然誤闖進一片淨土，所遇上的人和事都不是真實的。大師望着呆立一邊的阿吉，問道：「施主也想寫點甚麼嗎？」

阿吉不防有此一問，不知如何回答。他的性格完全跟阿釗不同，為人木訥，靦腆。每次遇上這樣的事情，都是以鬧劇收場，想不到阿釗鬧不起來，反而變成人間喜劇了。

這個人老實，大師的眼神似乎透露了這樣的潛台詞。

「施主不必客氣。我們相逢，也是緣份。」

阿吉突然靈機一觸，說：「要是大師不棄，就寫隨遇而安和新年快樂兩聯好嗎？」

大師愉悅地點了點頭：「好句。」

提筆寫了起來。

街道已被籠罩在濃濃的暮色裏，在暗了下來的天色裏，人們的步伐似乎邁得更加匆忙了。拿着「橫財就手」、「龍馬精神」和「狗運亨通」的揮春在街道上奔跑，都有標奇立異的意味，好像做了一回主角，很想大聲呼喊，這是大師賜的墨寶。

然而在茫茫人海裏，誰有空去理會呢？他們低微得就像街邊被晚風吹得滾來滾去的垃圾，誰都會避之唯恐不及。

愈來愈沉重的歉疚，壓着阿釗的整顆心。他確實感到他的心被擊中而痛了起來。以那麼一種作弄的態度去戲弄一個如此祥和的老者，未免太下流、無聊了。

在社會打滾了這麼多年，甚麼都學不到，卻是染上了一身流氣，在這種工作和生活都沉重和不愉快的社會底層掙扎求存，他深深地感到，人的心靈也變得特別荒涼、冷酷。他看到很多工友，在艱難而複雜的社會底層，為了生存，保護自己很脆弱的自尊，變得很粗野，動輒就要無賴，而他則發展了另一個極端的人生態度，以嬉笑的態度冷眼看世態。

在生活裏，受盡人家的白眼，遭到人家不顧情面的責罵，他都可以以冷靜的、甚至微笑的態度接受，然後機敏的，以玩世不恭的言語回敬，刺傷了對方要害，惹得他們暴跳如雷，那才是最大的痛快卻猛然感到，他的不近人情，甚至可以說冷血，不知不覺之間，已到了某種可笑的程度。就像一輛已破損不堪，失去刹掣能力的汽車，明知對方是很善良的人，也照樣撞了上去。

阿釗第一次自問，我這樣還是人嗎？他已不敢再問，別人如家常便飯苛待我，也算是人嗎？

大師善待他，確實引發了阿釗很特別的感覺：一股暖流，注入他的充積着冷血的心房，產生了一種舒適的，卻又陌生得難以適應的感覺。是不是就是快樂的一種？

除夕傍晚，天氣很凜冽，阿釗悲傷地認識到，世道不會輕易改變，他的應付世態炎涼的態度，如果要利於生存，也不會輕易改變。在社會底層，這樣的暖流是注定不會常存的，很快的，他的心房又會冷起來，甚麼比起以往會更冷。不這樣做好準備，那就是不懂得過日子了。

坐在飛馳的貨車裏，發現這座都市，無數的燈火已亮了起來。

農曆新年，是無數家庭一年裏最大的團圓。

阿吉笑瞇瞇的，看着手裏拿着的揮春，「隨遇而安」、「新年快樂」，好像他的目標都達到了。此刻，阿吉確實感到一陣一陣的快樂。阿吉就是這樣的人，一感覺到快樂，就緊緊抓住，縱使只是片刻，也不放棄。阿釗以往要是看他這樣，必會嬉笑怒罵一番。

現在他不忍心了。

像他們這樣過日子的人，縱使瞬間即逝的快樂，都是無比珍貴的。

即使偶然的快樂，都會趕忙抓住，很滿足。

第三輯：醫衣食住行

他們的美麗人生印記

一

羅天佑第一次遇見李天行，是在盛夏一個週末近晚，四、五點來鐘時分，公共屋邨樓下的不太開揚的遊樂場。

公共屋邨總要開闢一些地方，作為居民遊樂、休憩之用。這些地方最能體現邨內最尋常、卻也最有特色的風景：孩子在玩着很簡陋的遊樂設施：玩滑梯、盪鞦韆、騎木馬；老人家閒坐在長板凳，有的捉棋，有的閒談家常；較大的孩子在狹窄的場地奔跑踢波，跳繩；悠閒的氣氛裏，要是有家庭主婦路過，步履總是急匆匆的，顯出了有點急促。週末通常是一家人團聚最齊整的時候。要不是早已安排去酒樓吃飯，她們就得趕着買餸煮飯。

李天行以畫家特有的敏銳視角，把畫架架在遊樂場邊上一個小小的，卻可以看到全景的角落。

素描基本上已完成。畫家依然輕輕移動腳步，在這裏加添幾筆，那裏加添幾筆，以各種角度審視素描裏的景物，務求完美。

畫家要描繪的，大概是很尋常的歡樂和安逸吧！畫中人物要麼是老的，要麼是少的。要說有哪位青年在場，就是這位躲在幕後，觀察眼前景物的畫家。有一種很驚人的認真耐心，每一筆都很細膩，近景的兩、三個孩子和老人，臉部表情特別加了工。

羅天佑在旁觀看着畫家素描，一種很美妙的感覺由然而生。他發現了一個秘密。素描當然是寫實的，但是畫家眼中的寫實。羅天佑看得出，畫家不知經歷多少次的觀察，才綜合出無論是孩子還是老人在這樣的場合才會有的神韻，畫中人物當然特別栩栩如生。

一個很認真的畫家，真不容易。

值得費那麼大的勁嗎？一個人只要心裏喜歡某種東西，就願意花最大的勁去完成。

看來畫家是滿意的。

畫家的眼神、握着畫筆的手部、腳部的移動，都顯得畫家整個人輕鬆了，不再那麼凝重。

這時羅天佑生了很奇妙的聯想。

羅天佑每當要編排一套美妙的街舞，就要開始思考身體哪個部位該有哪個動作，連串起來，務求流暢而優美；又像一首動人的歌曲，需要每個美妙音符組成。這個畫家全情投入，捕捉每個小景物，然後組合起來，道理也是一樣吧！素描功夫看來很紮實！

真是了不得，同樣的風景，經了畫家的視野，就變得不同了。普通人來到遊樂場，看到的只不過是見慣見熟的閒散，找不到甚麼焦點，有一種觀察能力上的麻木。

眼前的素描卻讓生活場景，變得很集中，很有活力，很美又很寫實，素描應當也反映了畫家自己的精神面貌。這就是藝術。

羅天佑心裏讚美着，這位畫家在尋常的生活風景裏尋找美，或者還可以說，是要在尋常的生活風景，加添一點美，讓人看了素描，感到生活的美好，起了滋潤心靈的作用。

羅天佑不知不覺聯想到自己。他也透過其他方式追求美感。

他覺得他追求美的方式有點與眾不同。

並不像這位畫家那麼理所應當。

二

大約半年後，近晚時分，也是在屋邨遊樂場，羅天佑路過，看見李天行坐在一張長板凳，全神貫注看着幾張畫稿，羅天佑好奇地走上前去，看來這位畫家又有了新作。

這一回，羅天佑再次欣賞到李天行的素描創作，簡直驚為天人。驚嘆這位衣着純樸的青年，繪畫造詣原來已是如此深厚。

生活，在一般人的感受裏，都是瑣瑣碎碎的，最真實的人生呀！小人物的日子都是這樣過，瑣瑣碎碎，不順遂，諸事受挫，叫人焦躁，很多事物只叫人感到煩厭、醜陋，哪裏有半點美感？

怎麼到了李天行畫筆下，立即就有了一股很叫人震撼的感染力？是不是就因為他也是生活其中，身同感受？一件作品要感動人，首先就得先感動自己，這已是老生常談了。一件真正的有感染力藝術創作，一定要創作者花很大力氣去發掘，然後嘔心瀝血去完成。

這一回：素描不是單幅的，而是由幾幅組成，構圖相當繁複。每幅素描看起來都可以獨立，組合起來，卻立即變得很立體，幾幅素描其實是在完美講述一個故事。到底是甚麼動力，讓一個畫家花了不論多少時間，多少心力，都要去完成呢？

李天行說：「這幾幅素描真的值得畫出來。」

羅天佑一眼就認出，素描的背景就是天水圍新北江商場旁邊的那條馬路，有一段時期，他也是經常在那裏出入，場景相當熟悉。

李天行這樣談及他的創作過程：「那天我路過，就看到了令我的靈魂為之一震的場面，確實是觸及靈魂。並不是甚麼壯烈的場面，確確實實只不過是個平平凡凡的生活場景。但我的靈魂，真的被這一件很平凡的小事觸動了，出於本能，就想把這個景場素描下來。當時，沒有可能隨時都把畫具帶在身邊，我就用手機，就像記者一樣，把現場所發生的事拍攝了下來。我是以素描者的角度來拍的，如果沒有這樣的本能，我應該就沒有可能拍攝得這樣全面。專業攝影家很講究決定性的瞬間，要是能夠捕捉到一個決定性的瞬間的鏡頭，簡直會欣喜若狂，特別是能夠反映歷史巨變過程中的瞬間，簡直是無價之寶。這樣的佳作很多，也突出了攝影的價值。我當時也有這樣的感覺，要捕捉瞬間，不過我捕捉的是平凡日子裏的瞬間，但同樣感到在創作上得到的是無價的題材。在精神上有相當興奮的感覺。」

羅天佑這時才看到，李天行這樣說時，笑容很憨厚。

素描的主要場景就在那條馬路上。一位年老拾荒婦，拖着一輛木頭車過着馬路。正常情況下，她應該是推着木頭車才是。這一天，她很幸運，拾荒來的紙皮、報紙特別多，木頭車怎樣裝都裝不下。這就成了她罕見的幸福的煩惱。

她想出了一個好辦法，其實，說真的，她能有甚麼真正好一點兒的辦法呢？她用了一個未拆開的較大的紙箱裝了其他紙皮，但還是裝不下所有的紙皮。要用另外兩個未拆開的較大的紙箱，才算把所有紙皮、舊報紙都裝好了。

怎樣才能把所有紙箱都搬走呢？留在街邊嗎？再回頭，恐怕就被別人拿走了，這可是幾經辛苦才拾撿回來的呀！

拾荒婦想出來的辦法，應該是花了她不少時間才能落實！她用拾來的尼龍帶，把第一個紙箱綁到木頭車上。然後，她把第二個紙箱，用塑膠繩綁在第一個紙箱上。最後，也就是第三個紙箱，同樣用塑膠繩綁在第二個紙箱上。

這樣一來，她就不能像平時那樣，推着木頭車走了。而是用拖拉的方式，對於一個身體已不靈活的老婦人來說，這樣拖拉就吃力得多。但因為拾荒的收穫特別多，拾荒婦精神上的愉快恐怕比起物質上收穫特別多所帶來的愉快還要多。精神力量能夠產生不可思議的體力，大概就是這種情況。再辛苦也不計較，也值得。

一路上，她拉動的東西就變得很長，首先是一輛滿載紙皮的木頭車，然後是三個紙箱，一個紙箱拖動着一個紙箱，每個紙箱都有個距離，整個隊列，堪稱「蔚為奇觀」。

以她的條件，也只能這樣處理了。恐怕最聰明的人也得這樣做。一上路，她推了一會兒，又休息了一會兒。她有的是時間，也不是太急。

但有的地方，是由不得她是否有足夠時間的。

絕不容許她休息，絕不容許她慢慢來。

那是她到了要過馬路的時候。

恐怕誰也不會比她清楚，對她來說，過馬路是件難事。她已無數次推載着紙皮的木頭車過馬路。

硬着頭皮，也是要做的。

綠燈一亮，拾荒婦就拉動了木頭車。她很吃力地拉，但時光就像閃電一般快速，紅燈已亮了起來。木頭車剛過了馬路的一半。

李天行說，他就是在這個時候路過。

他看到的情況是：橫在馬路上的木頭車，還有後面一個連接着一個的三個紙箱，佔據了整個路面；各路司機憤怒狂按汽笛，驚人的汽笛聲連成一片，變成了緊張刺激的合奏；等待過馬路的路人愈聚愈多，有的恐怕是特地跑了過來看熱鬧，巨大聲浪吸引了他們，形成了圍觀；保安人員手持對講機，急促來回奔跑，卻不知所措，不知從何落手；拾荒婦知道闖了大禍，驚慌得更加手忙腳亂，拉動木頭車時近乎痛苦的掙扎；不是交通意外，但眼前這一切，組成了罕見的交通擠塞的場面。

李天行後來檢視他拍下的鏡頭時，才想到一個痛苦的問題，甚麼才算是一種真正的心靈上的美？他質問自己了，你是真誠在追求美嗎？如果心靈有種出於本能的真誠的美，首先要做的，不是拍攝，而是去幫助拾荒婦。

看似很平凡的芸芸眾生，確實有人真的這樣做了。有的人幫助拾荒婦拉動木頭車，有的把三個紙皮箱搬到馬路旁。事情很快得到解決。

縱使當時的場景看來很緊張，實則不過是小事而已。在這樣緊急的小事件呈現的美，所有行動必然都是出於真誠，因為在這樣的時刻，已經沒有時間去計算，所做的事都出於本能，要去幫助人。不出手幫助，老人家要脫離困境，真的不容易。原來美就是需要這樣的真誠，才有純美的動人。

當然畫作的焦點人物是拾荒婦。這是李天行時常關注的小人物，不論神態和外貌都有很謙卑的特徵，都很努力過日子，但不容易過，過程需要很堅強的生命力，才擋得住生活的風浪。

羅天佑看了李天行這幾幅素描，第一個強烈感覺，就是這樣。

其實，即使是在這樣的生活小事，人也不知不覺會體現出庸俗和自私來，例如圍觀的人群，狂按汽笛的司機。李天行更喜歡在日常裏，提煉更多真善美，就是要以真實而動人的畫面，來啟發讀者對平凡生活的思考。平凡的生活是最大多數人過的，更加值得去發掘。

應該就是這樣吧，羅天佑想着。

三

確實是個純樸得不得了的青年，一件很普通的T恤，一條有點破舊的牛仔褲，瘦削的身量，即使是髮型，都是很隨便的平頭裝，沒有一點要把自己打扮一下的意思。盡量把自己的生活簡化。

這樣裝束的人，在公共屋邨倒是常見的。不過，羅天佑在李天行身上，確實額外看到了一份優雅，一股靈氣，讓他整個人看起來又不同了。

是不是因為看過了他的畫作，對他才會有不同的觀感？一個人具有才華，言行舉止卻又處處顯得謙卑，就會很自然散發不同的氣質，特別叫人感到順眼，像一股清新空氣那般叫人感到舒服。

特別像羅天佑這樣接受過高等教育，已培養出特別品味的人，更有可能感受到生活裏的庸俗，像生活在污濁的空氣裏。遇上李天行，當然如沐春風了。

羅天佑與李天行較深入的交談，是從這一句話開始的：「是不是仰慕公共屋邨獨特的風情而來寫生？」

李天行聽了，微微一笑。

「要是這樣，聽起來有點浪漫。畫家是會到處去寫生的。我對屋邨太熟悉了，我在屋邨土生土長，總想寫一組素描。原來，即使熟悉，要畫出真正的神韻，真不容易。」

羅天佑聽了，明顯感到自己心裏一動。但並非因為屋邨出現了這麼一個畫家。聯想到自己的成長過程，羅天佑很想知道，李天行的成長過程又是怎樣的呢？

一般家庭，搬入公共屋邨居住的第一代，當然是父母，經濟條件通常都較差。這一代父母通常是最辛苦的，捱生捱死。他們含辛茹苦，把孩子拉扯大，在大多數家庭，都不是容易的事。但隨着新一代成長，公共屋邨逐漸成了卧虎藏龍之地，卻是必然趨勢。令人刮目相看的人才，像醫生、律師、會計師、建築師、金融業從業員，各行各業專才，相繼出現。公共屋邨孩子的資質不比其他地方差嘛！只要有正常的接受教育的渠道，就會成才。

羅天佑太清楚了，有天分的孩子，成績好，大多會在老師和父母的引導下，選讀一些未來較能賺錢的科目。

公共屋邨的孩子，想要未來有好日子過，很大程度上是要靠自己去努力。讀書是改變命運的最好，也是最大途徑，怎麼能不重視呢？羅天佑曾經在超級市場，聽到一個師奶對另一個師奶說：「我個仔入U讀law了。」那種語氣，多麼驕傲、殷切、期待，說起來，這是很正常的心態。

李天行是怎樣成長的呢？

一個如此醉心於素描的人，畫功又是已如此成熟，了得，沒有僥倖的餘地，必然是把他的整個身心都投入進去，下了真苦功。人的精力有限，這麼沉迷素描，對其他方面必然疏忽了。他的父母會有怎樣的想法呢？極可能會對他婆心苦口，我們的家裏還窮，我們得努力多賺點錢。這樣的想法沒有問題，有哪個家庭不是這樣呢？這樣想着，羅天佑就像已很熟悉李天行的家庭情況一樣，為他感到有點心痛。

這大概也是聯想到自己的緣故吧！

李天行這樣做，明顯在追夢呀！

追夢從來都是不容易的，他如何應對呢？考慮一下現實環境，他這樣取材的畫作，能賣得了錢？在家裏，這些對他來說嘔心瀝血的畫稿，要找擺放的地方，容易嗎？父母疑慮的目光，他如何面對？

羅天佑愈看，愈看得出李天行笑容的那份憨厚，他心裏似乎沒有太大的負累，他對生活真的沒有憂慮嗎？

羅天佑耐着性子，等着李天行來問他的一些私人情況。不過，李天行只是輕輕笑着，並沒有問甚麼。這顯出了他的涵養。

羅天佑想，觸角敏銳的李天行，當然一早就察覺到，他在打扮和服飾上，跟我相差太遠了，不禁就保持了距離。這樣就可以避免冒昧的情況發生。不愧是個細心的畫家。

公共屋邨新一代的精英，隔了一段時間，就會搬出去。羅天佑也是一樣，在獲得高薪厚職，自置居所後，也搬出來。但在搬出屋邨前，他的過份的尤其是臉部的打扮，以及時常近乎異裝奇服的服飾，時常會引起屋邨內的人奇異的目光。

李天行的樣貌，就像平日看到在公共屋邨出出入入的，餐搵餐食的尋常居民，他很自然地融入尋常的生活裏。

連同他的畫作，也是很自然地融入尋常的生活裏。

羅天佑想，現在的他，比起以往，打扮和服飾都更加前衛，他曾刻意去留意，卻沒有發現李天行目光，對他露出甚麼異樣。這真的是個很懂得尊重他人的人。

一個很平實的人，卻能夠接受新事物。

當羅天佑說：「我也是在屋邨裏土生土長的。」李天行的反應也是淡然的。他說：「我也有幾分估到了，不然我們怎會時常碰到呢！」

李天竹真的把他的全副身心都投在畫功上了，對其他事情當然就較淡然了。

羅天佑想，也許他的打扮和服飾，真的讓他們之間的關係有了隔膜了。

羅天佑不得不承認，他是個不容易被人了解的人，除非是深入到他的生活裏。

羅天佑真想對李天行說：「我也追求美，不過，我是要在自己身體上創造美，產生美感。」

但這樣説，哪裏能讓人明白，產生共鳴？

四

羅天佑的母親就像舊時的很多婦女，接受的教育很少，不過只識得幾個文字，不過他記憶裏最深刻的，是慈母竟能以一個淺白的故事，向他作了啟蒙，説明一個出生於窮家的孩子，應該是怎麼個樣子。接受了高等教育的羅天佑想起這件事，仍感到很驚訝。

故事是這樣的：城中最繁華地帶一個很整潔的廣場的角落，不知從甚麼地方飄來的種籽，野草就生長出來了。廣場上早有精心培植的花草樹木，不但茂盛，還講究圖案美，不時有專人修剪。野草真不懂事，怎麼敢來爭一席位？野草是不顯眼，但明顯礙眼。清潔工人一發現，就會特意把它們拔了出來，不讓它們繼續生長，這不是它們存在的地方。然而野草還是不斷地從廣場的某些角落冒了出來。野草不顧生活環境怎樣而成長，不是優點，是很煞風景的事。

慈母把野草拿來作了比喻，窮家孩子有經得起風吹雨打的「粗生粗養」的生命力，才是最重要的，也必然該如此，不然如何面對以後漫長的人生？不能因為生命力堅韌就到處亂生，野草應該生長在適當的位置，做該做的事。不然就會受到排斥、驅趕，日子會好過嗎？

慈母的意思明顯不過，出生在怎樣的環境和家庭。孩子就該有怎樣的心性，能夠順乎自然做到了這一點，也就是一種福氣了。

羅天佑想對母親說，粗生粗長的花草也有很美麗的。令人心頭為之一顫的鮮花也時常出現在行山者的眼前，正是這樣，才造就了郊野的美景。

母親的婆心苦口，已向他提出了足夠提示，再美麗的野花野草，出現在不恰當地方，等於是做了不恰當的事，都會被拔掉。

這應當就是母親向他講述這個故事的深意，不會是無端端的。

母親一再強調，讓他明白，怎樣的場合，就該有怎樣的人物出席，也該有怎樣的物品裝飾，不合適的東西就會通通被人打發掉。母親給他講這個故事，也主要是為了下面的這句話：同樣道理，窮等人家不該過份打扮。母親自己作了示範，母親一生都是以素顏見人。這也是生活所需。整天幹粗活，過份打扮有何好處？正如有些女人，因為生活所需，而需要打扮。

母親是很苦心，才想出這個故事來吧。

羅天佑從小時候開始就有的一些行為，讓他變成了一個最初讓母親擔心，後來父親為之羞恥的孩子。倒不是頑劣。要是頑劣，倒可能叫親人較為安心，公共屋邨土生土長的孩子，父母總希望他們有種「粗生粗養」的堅韌生命力。過於柔弱，如何面對可能很艱難的人生？

五

小時候的羅天佑，在生活上不少細節的表現，只有無微不至的母親才會觀察到，開始時確實給了母親滿腹狐疑。

小朋友上小學，意味着開始過起有規律的、有紀律的生活了，這是成長教育很重要的一部分。一般小朋友喜歡賴床，這也符合天性。要是有這麼一個孩子，把他叫醒，他就乖乖地起床，在母親協助下做着上學前的種種準備，這樣的乖孩子，父母真要謝天謝地了。

羅天佑就是這麼一個乖巧孩子，種種無論哪個父母都會感到欣慰的異稟，很早就出現。

羅天佑一放學就會很勤力做功課。晚上不必父母提點，自覺地按時上床睡覺。翌晨醒來精神奕奕，他預留了更多時間來做上學前的準備。刷牙、洗臉、梳頭，都有一份異常的用心。簡直是一絲不苟。

細心如母親，留意到小天佑第一天穿起很簡樸的校服，雙眼閃閃發亮，這有甚麼值得喜悅？但小天佑的神色明顯興奮莫名。窮家孩子平日穿着，哪會有甚麼講究？校服代表了一份整齊，是可以花點心思，把校服穿得整整齊齊的。

小天佑最喜歡的日子，是農曆新年。並不是像其他孩子那樣，因為有利是可逗，而是有新衣可穿。他對母親買給他的新衣和鞋襪無不充滿喜悅。

如果母親當時懂得想，這個孩子喜歡美，美是驅動他的動力，想法就對頭了。但隨便哪個母親都會有直接的想法：一個小不點，懂得了甚麼？這個想去也合情合理。

小天佑以有限資源培養自己的品味，日後發展成讓人側目的「姿整」。有一個過程，很緩慢的。

慢慢的，女孩會有的一些姿整動作，出現在他這個男孩身上。

小天佑生活上的一些細節，以一個母親的敏感，也許已經有了一點點很模糊的感覺。但母親不願意相信，也不願意說出來。

剛上中學，羅天佑開始熱心地帶着母親到街市買餸，耐心向母親解釋這種那種食物有甚麼好處，飲食均衡對一家人的健康的重要性，並且下廚幫母親做菜。小天佑特別指出，哪些蔬果對護膚有好處。

別家的孩子自顧自己玩耍還來不及哩，哪裏會理會買餸的事。阿媽煮甚麼，孩子就吃甚麼。雖說很多名厨都是男性，但很大程度上是出於謀生的需要。怎麼自己生出來的孩子，有別於其他孩子！這是不是也算得是乸型的表現？

其實，羅天佑也說過，我這樣做，雖說是為一家人好，還是有私心的。我吃得健康，飲食均衡，才有個健康的體魄。母親聽了，稍為釋然。

羅天佑明顯是喜歡運動的，打籃球，踢足球，激烈身體碰撞的運動，他都熱衷參加，每次汗流浹背回家，少不免衣衫不整，這些都是雄風的表現，很多男孩子都及不上，哪裏看得出有甚麼乸型的表現！母親因此也較為釋然。

但羅天佑確實有點不同，待在浴室裏的時間都要比一般男子多。每一次從浴室裏出來，都是精神煥發，不論是身體和精神都給人清新的感覺。

母親一直不知道，羅天佑真正喜歡的運動是街舞，這是全身運動，要跳得精彩，舞者必然要有極強的爆發力，當然要有出色體魄，舞姿因為全身各部位美妙配合，塑造了健康而美妙的舞步，有時很誇張，不是苦練做不到的，體質當然需要靈巧，所有這一切組合成美。這一切都讓羅天佑着迷。

羅天佑自小就養成的良好習慣，必然帶來好處，而且也都顯現了出來。他為自己定型了，是個很陽光型的男孩，渾身上下保持整潔，勤於運動，良好飲食習慣，膚色細嫩，身段是矯健而非柔弱。健美。這樣的陽光氣質，有助他的學業成績斐然。

羅天佑喜歡的是矯健，卻不是粗獷的外貌。他整個人表現出來的氣質，確實也很斯文、淡定。他雖是身材中等，但健美的體魄，整個人有着很自然的挺拔，透着一股英氣。儘管如此，身上又飄着似乎女性才有的氣味或氣質。他花了不少心思在「身體美感」這方面經營，終究是會讓人察覺到的。

六

一個母親出於對兒子本能的無微不至的關心，以及作為一個女性必然會有的敏感，必然會最先察覺到兒子的一些異樣的眉目來。母親從最初模糊的，然後逐漸清晰起來的滿腹狐疑，轉為充滿了憂慮的眼神。這個孩子最終會長成怎麼個樣子呢？是真正的出色，或者，只不過與別的男孩不同而已？而這種不同，只可能引人詬病，不是好事。母親就只能滿腹憂慮。

羅天佑最早表現出來的叫母親擔心的傾向，確實很難掩人耳目，因為一切都必須首先呈現在他的臉上。很簡單的理由，他喜歡化妝。

羅天佑貪靚，因而隨時不知不覺之間顯得很「姿整」，母親是早就留意到了，不過當她第一次發現兒子偷用她不多的劣質化妝品，她仍然是驚呆了，就像發現兒子偷錢一樣。

她有一次偶然看見兒子站在鏡子前化妝，她也在鏡子裏看到了自己不知所措的樣子。因為兒子的化妝手勢，或者化妝技巧，比她高超很多。

母親想起了羅天佑洗澡的時間，比別人都要長，出來後有種特別的亮麗、清新，母親以為那純是因為他喜歡運動所帶來的效果，其實已非那麼純天然，加上了很用心的人工部分。正是兒子在偷用她的化妝品了，才有這樣的效果。無疑是用得很淡，幾乎不露痕跡，但確實難掩母親耳目。

母親憂心地想，當羅天佑喜歡化妝的傾向愈來愈明顯，人們就會視他為「乸型」。

但她也開始意識到，兒子自小就有了這樣的傾向，因而是與生俱來，那麼，這天性是她賦予他的，至少是上天透過她賦予他的。她看得出，兒子化妝的本能比她都要強烈。

怎麼辦呢？

她哪裏有甚麼解決辦法！

七

外貌和性格都相當粗獷的父親發現兒子明顯的女性化，已是很後期的事。他們的關係因此勢成水火。

愛打扮就是女性化嗎？未必吧！但很難阻止別人這樣的理解、觀感、不期然露出的異樣目光。

一般來說，普通小市民不習慣作深度的思考，這也是很自然的事。個人的人生價值觀都是隨波逐流，言行都不會特立獨行。

搞自己的一套，有何意思？很累人的。

其中一個例子，就是相信男人應該有男人的樣子，不然，成了怎麼個樣子呢？

父親羅良從事辛勞的地盤工，日曬雨淋，每天為養家活口而勞勞役役，沒有男人該有的樣子，如何謀生？有人僱用你嗎？很實際的問題，含糊不得。羅良有過沒有工開的日子，更加深感要有樣子、真本領給人家看。

父親粗糙、黧黑的膚色，與羅天佑經了細心打理的細嫩、白皙的膚色差別，一天比一天大，父親帶着鄙視，甚至仇恨的目光，看着兒子。

有一個親生兒子出現在家中，屬於一個父親感到完全陌生的世界，父親會感到舒服嗎？兒子外表看來亮麗，健康，父親愈看就愈惡心，只覺得兒子很畸形，正常人應該這麼嗎？是不真實的。

父子已完全無法溝通。

羅天佑要是有機會，是很願意向父親解釋他的所想所思的。如果大家能夠心平氣和，他願意一直解釋到父親明白。雖然，到了最後，父親依然不能接受。

羅天佑感到他受過高等教育，是有能力解釋清楚，何況他是父親，能夠因為他的追求而長期反目嗎？

羅天佑覺得他一直在追求的，正是一份真實。

一個人所追求的終極目標，就是為了生活得更美好，這就是真實。同樣是追求美，追求的目標或許不同，方式不同，但只要不傷害人，又確實為這個世界增添了美，不是應該受到肯定嗎？

嚮往美麗的世界，等於追夢，素來都是要付出巨大努力。我追求美的努力不是務虛，而是很務實。追夢素來都是要靠自身努力，所以我從來都避免增加你的負擔。父親，你應該明白這一點。

但這些道理，如何去解釋清楚？特別是面對父親？因為審美觀已完全不同？

作為人的天性，很明顯只會喜歡美麗的事物，例如鮮花。不會喜歡、歌頌骯髒的東西。人又不是蒼蠅。

相反，總是努力不讓自己變成蒼蠅。

只有蒼蠅，到了天堂才會焦躁不安。

因為美麗、整潔的地方不是蒼蠅喜歡的。牠們只有對骯髒的垃圾堆，化膿的傷口有興趣，並且在這樣的地方找到了最大的快樂。

但羅天佑一想到這裏，把自己都嚇呆了。

他感到自己的想法走火入魔了。這反映了他自己心裏一直都存在着疑惑，自己追求美的方式，真的正常？

羅天佑不禁自問，你剛才說了些甚麼，你的話是不是就是意味着，父親是一頭蒼蠅，在最混亂不堪，甚至是骯髒的地方搵食？這樣想還有良心可言嗎？

父親從事艱辛的體力勞動，養家活口，是最偉大，最崇高的事。誰敢置疑？父親喜歡骯髒的東西嗎？清潔工人喜歡骯髒的垃圾堆嗎？多少辛勞的勞動者，從事的都是厭惡的、污染滿佈的職業，才使城市變得美麗，才使很多人減少痛苦，沒有這些人，世界哪會美麗！

你接受了高等教育，有了較好經濟條件，可以營造自己的美麗世界，這就很高尚了嗎？

羅天佑對自己也感到不可思議。

不可原諒的思維。

羅天佑明白，一個人的思維一旦偏執，一心只想維護自己，思路很容易堵塞，甚麼可怕的想法都會冒了出來。

羅天佑心裏確實是有焦慮的，他跟父親的隔膜是如此巨大，再也沒有調和的餘地。他執着於對他夢想中的美的追求，而父親絕對地認為兒子對所謂美的追求，是無比醜陋，接受了，簡直是神經病。

至親的反應如此強烈，住在生活作風樸實的公共屋邨，別人的怪異目光也無法避免。羅天佑想，只好讓自己適應各種目光。

羅天佑後期搬離了公共屋邨，自置了物業，有時回家探父母，雖然已刻意淡化自己的化妝、裝束，向他側目的奇異目光仍很明顯。

人人都喜歡花朵的豔麗，月亮的淒美，即使沒有那份閒情逸緻去欣賞的人，也不敢說它們不美。因為花朵的豔麗，月亮的淒美都是世人既定的審美觀，有人敢說不美，就會被視為怪人。

但有另外一些美，不是一般人懂得欣賞，分明是很美，還是難以接受。這不是甚麼大不了的事，羅天佑就是以這樣的想法，來強化自己的信念。

羅天佑有時會想起李天行。這位熱衷於素描的年輕人，成長過程又是怎樣的呢？他透過素描來追求美，追求自己的夢想，很容易被一般人接受。但家人的感受呢？分明是一個很聰明的孩子，卻花費了這麼大的氣力和時間，在這種「無用」的事情上。

羅天佑太了解了，而且一次又一次這樣想，李天行如果沒有下苦功，加上必要的天份，是難有這樣的畫功的。這樣一來，花的不僅是氣力和時間，還有需要極之專注的心思。

那麼，李天行還剩下多少心思去謀生？而謀生不容易呀！愈是低層的人，謀生愈是不容易。

世途艱難，那是千真萬確的慘淡人生。在剎那間，羅天佑為李天行心痛了一下。

羅天佑得到高薪厚職，境況當然好得多，但由於他的出身，還能理解世途艱難這一句話，還能明白李天行的處境，以及他的父母可能有的想法。

八

羅天佑再次遇上李天行，又是在大半年後，在一個裝飾得金碧輝煌的大型商場裏。這種大型商場各區都有了，佈局也大同小異。商場不時會舉辦一些親子活動，舉辦日期通常就在週末，父母有時間帶孩子來逛的時段。現在，這個商場的大堂就安裝了一個很大型的充氣滑梯，真的是滑梯的樣子，充氣的，很新穎。很多孩子都想玩，都在排隊輪候。現場氣氛很熱鬧，孩子很興奮，這就是商場願意出工本，要達到的目標吧。製造人流，製造顧客的歸屬感很重要呀！

羅天佑發現李天行站在巨型充氣滑梯一側，津津有味看着孩子們玩得忘形，大聲尖叫，似乎他也忘形了。

看着不在作畫的李天行，羅天佑不禁駐足，仔細打量着他。

在華麗商場，羅天佑更加感到了這位畫家的特點。他的特點是沒有特點，要把自己消失在人群裏。他委實太樸實了，完全是一個不起眼的小人物。作為一個畫功叫他折服的畫家，所謂藝術家的不修邊幅也不是這個樣子。羅天佑見識過不修邊幅的藝術家，總有一股浪漫氣息逼人而來，不似這樣踏實，貼地。一個平民畫家。可以稱得上是個默默耕耘，不問收穫的畫家嗎？他確實在追夢，追求理想中的美。李天行自然煥發出的平民化的親切感，讓羅天佑感受到一種從未有過的親切感。

如果說，人靠衣裝有這麼一層意思，一個人的衣裝可以給人特別的感覺，那麼，李天行的簡樸衣裝，真的叫他感到很親切，很舒服。一種你可以信任他的感覺。

羅天佑想，他可算是最熱衷衣裝的，這又給了李天行怎樣的觀感呢？只會給他更多的陌生感嗎？

羅天佑走近李天行時，李天行倒是立即把他認出來了。也許畫家的目光就是有這樣的能耐，觀察力特別敏銳、細膩。

羅天佑笑着問：「在找創作題材嗎？」

李天行苦笑着：「喜歡素描的人，大概都成了本能了，會把生活視為創作的重要泉源，無時無刻都在觀察生活，而社會現象，常常就由生活細節反映出來。」

羅天佑說：「我一直都相信，藝術家因為本身的天賦，總是享受天馬行空的樂趣。也在無時無刻細心觀察，這不就像背上了十字架，那般的沉重？」

「真正喜歡素描的人，應該不會有這樣的感覺。」李天行輕鬆地說：「創作過程，確實有時很辛苦，怎樣表達得好，很多困難難以克服。但如果只是感到苦，而毫無樂趣可言，就很可能堅持不下了。素描是很需要積累經驗的一個過程。」

羅天佑暗想，怎麼李天行的想法跟我這麼接近。

李天行又苦笑着說：「我自小生活於基層，深知很多人都感到過日子不容易，甚至很苦，這是事實。這也是因為生活裏快樂極少。我一直對這個題材有興趣，如何去發掘生活中快樂，也就是去發揚正能量。花費大筆金錢去尋找快樂，在基層當然不可行，但其實在基層，有些快樂得來是免費的。而且正因為是免費，這種快樂就包容了更加動人的，珍貴的元素。剛才我在看孩子玩充氣滑梯，父母與孩子的互動，投入的感情，我看了就很感動，父母之愛表露無遺。我一直在觀察，父母很渴望孩子投入這種集體的遊戲當中，當孩子很努力爬上充氣滑梯，就大聲鼓勵他們往上爬，七情上面，忘我叫喊。但孩子爬到頂了，父母又擔心孩子的安危，孩子會不會從高處滚下來，恨不得自己也爬上充氣滑梯，保護孩子，剛才的歡呼聲隨時變成了驚叫聲。孩子和成人無論是歡呼聲或驚叫聲交織在一起，就變成了動人無比的樂曲。這是我從觀察生活細節得到的樂趣，要不是較深入地去觀察，很可能就漏掉了。我喜歡觀察孩子，他們的種種童真，給我的溫暖，往往可以把我的心都融掉了。我嚮往這種生活的真實，從忘我的情感流露出來的，都是最真實的。但這種愛如何形象化表達出來，我就不時遇上困難了。藝術創作，有時遇上的高度，真的無法逾越，對我來說，也就覺得謙卑的必要。」

很有趣的說法，羅天佑聽了，不斷點頭。

羅天佑說：「難得這麼悠閒，何不一起去喝杯咖啡，聊聊天。」

李天行欣然同意。

羅天佑又想起來了，這樣的想法一直存在心裏，隨時都冒出頭來。這麼一個認真的畫家，出身於基層，待人接物看來都極之誠懇，他的成長之路是怎樣的呢，家人對他有怎樣的看法，有怎樣的期望？有可能藉着這個機會，了解多少嗎？

重要的是，如何避免可能出現的唐突？

找了座位安頓下來，各自叫了一杯香噴噴咖啡，羅天佑說：「正如你所說的，從小在基層生活，見慣了一般家庭，日子過得不容易，要是個人還有個夢想要去追逐，肯定更不容易了。我剛才所說的負累，也有這麼一層意思。父母肯定會有期望，至少不希望看到子女把精力放在不切實際的事上，影響了謀生。」

李天行啜了一口咖啡，點了點頭。

「這是肯定的。這樣的想法很正常。」

然後，李天行笑着說：「我家裏很窮。窮當然是可怕的，諸事捉襟見肘，會好受嗎？我父母從事的工作都很低微，領取的都只能是最低工資。你也許也會明白，工作愈低微，就愈不穩定。每找到一份新的工作，領取的都只能是最低工資。我對窮的理解，就是徬徨不可終日。父母從來沒有對我表達過甚麼期望，想來也是，一個從來沒有希望的人，會有期望嗎？但也可以看得出來，只要子女有一份安穩的，養得活自己的工作，就謝天謝地了。要說謙卑，我父母就是最典型的例子，一生人勤勤勉勉，千辛萬苦把日子打發過去。我對我父母很佩服。」

這些話看得出是出於李天行的內心，說到這裏已有點淚光。從事藝術工作的人都富於感情。如果沒有一股易於動感情的激情，恐怕也不適宜從事藝術，因為失去了那份敏銳和衝動。

羅天佑問：「畫功真的可以自己琢磨出來的嗎？」

李天行笑了：「不知道我理解得對不對，一個人只要真正對某種事情有興趣，一定會找出一條路出來。到底最後會不會開花結果，當然不好說，但要是因各種原因，譬如說，迫於生活壓力，不能繼續在自己喜歡的路上走下去，會是一件痛苦的事。千辛萬苦繼續把路走下去，除了興趣，還有一種叫做毅力的東西吧。」

羅天佑聽了，不禁笑了起來：「這種說法，屬於老生常談，由你說了出來，就立體得多。看到了你，也想起另一句話，要淡泊名利。」

李天行聽了，也笑了起來：「也不由得你淡泊還是不淡泊於名利，哪裏有這樣的機會呢？這也好。名利之心誰都有吧。要是有了追逐名利的機會，純為理想的心恐怕就要淡了些。」

然後李天行又說：「在着重寫實的素描界，已有不少前輩，創作了很出色的作品。以前好像有藝專這樣的學校，培養出來的人才出路在哪裏呢？也許以前包括報紙的出版業比較興旺，需要插畫和較高水平的藝術設計。我讀書成績一般，但讀專業教育學院的設計課程，因為我自小就有一份喜歡素描的狂熱，確實是有點基礎，讀起來得心應手，很適合我，謀得一份安穩的薪酬還不錯的工作，不大困難。父母也頗為欣慰。我們這一代，比起上一代，幸運得多了。」

李天行之後又輕輕歎息了一聲。

「窮等家庭，是絕不容許浪費的。一支鉛筆都算是奢侈品，何況是顏色筆和紙張呢？素描就是要用筆畫在紙張上。我曾經在一張紙張上畫得一片漆黑，要是旁人看了，一定以為我瘋了，畫些甚麼都看不見，那麼畫來做甚麼呢？但我心裏知道我在畫甚麼。要是遇上有沙地，我也會在沙地上畫。家長看到我只顧塗鴉，似乎疏忽了讀書，也曾有過擔心的時候。這也是典型的父母之心。但其實，我從未荒廢過學業。窮家孩子，怎麼說，都是較務實的，不可能過份務虛。」

羅天佑聽了，拍了拍李天行的肩膀。

「走過的路難行，以後會走的路，也不是那麼易走。」

李天行說：「就是這樣！」

羅天佑留意到，李天行這樣說的時候，望了他一眼。對李天行來說，這是近距離觀察一個人了。畫家銳利的目光。他的化妝和裝束，應該一下子就進入他的眼裏。李天行看到了甚麼呢？羅天佑自己的感覺，李天行也許有句潛台詞：「你的經濟境況應該不太差。」

九

羅天佑不久就看到李天行的新作。哦！李天行原來是這樣觀察人物的服飾和髮型的。

畫作很小幅，是李天行表示他自己很喜歡的構圖簡約的風格。純熟的線條勾勒出一個清潔女工在打掃垃圾的身影。與其說是在為人物素描，畫家更落力表現的，是清潔女工的一身裝束：頭戴着一頂寬大的草帽，整個臉部被用大毛巾包着，幾乎只露出一對眼睛。

知道這幅素描描寫的時序是盛夏，羅天佑感到一陣心靈的震撼，同時也是生理上的震撼，好像突然有一陣熱浪向他迎面撲來。有種不可思議的灼熱感覺。

盛夏裏，一位工作中的清潔女工就應該這樣的裝束嗎？只要是李天行的作品，就不會有錯。他不會閉門造車。

畫面上的兩、三棵樹，樹葉一動也沒有動，一個一點兒風都沒有的環境。羅天佑直覺感到，這些樹是很重要的背景。

清潔女工的一身裝束給人很沉重的感覺，別說幹活了，裝束已給人很累很累的負重感。素描的背景是風光如畫的海濱公園。如此開闊明朗，海闊天空，晴天萬里。觀畫的人，會不由自主感受到巨大的落差。要是陰天，倒叫人可以透過一口氣來。

羅天佑讚嘆地說：「畫家觀察力的鋭利，是很必要的吧！我開始感受到了。你創作這幅素描，是有意選擇這個地方嗎？畫家素描的時候，除了素描的對象外，對周圍事物的觀察都很重要嗎？」

李天行笑了：「只要你要素描的是現實生活中的小人物，就會觀察周圍環境，周圍環境都是最好的配角，能説明很多事情，有很多小故事。」

羅天佑説：「你對酷熱天時樹葉的形狀，是不是也觀察了很仔細？畫面的樹葉一律無精打彩的低垂着，被熱浪折磨着，如此動人的海港的水面，都像是凝住了。」

李天行説：「就是異常的酷熱，觸動我素描的衝動。我當時在一個海濱公園，準備素描一幅維多利亞海港兩岸的建築群，是風景畫。環境確實是詩情畫意。但這種美麗是怎樣得來的呢？又是如何才維持得住呢？就在此時，這位清潔女工一路掃了過去。這樣一個人物插進了美景，落差感就會刺激了創作欲。本來是要素描美景，現在加上了人物，畫面不是更豐富，更有意義嗎？不知不覺之間就變得更像是人物畫。這位清潔女工，就是讓美景能維持下來的一個因素。至少我當時是這樣想的。」

李天行說他當時在一個有遮蔭的地方素描。清潔女工掃到他所在地方，李天行不禁搭訕說：「天氣真熱。」

清潔女工揚起頭來，就像一般和善的婦人一樣，一聽到有人對她表示關懷，就展現了一個開朗的笑。

「對，太熱了，我打掃了一會兒，總要找個遮蔭的地方歇一歇。」

海濱公園面積很大，植樹當然是公園的重大任務，環視周圍，遮蔭的地方卻不多。她能夠找到有遮蔭的可以歇一歇地方不多。

李天行說：「要不是我喜歡素描，我就不會留意生活裏的很多細節。創作，讓一個創作者比一般人更深一步進入生活。深入生活對一位創作者，有正的，也有負的影響。不看則已，看到的往往都是生活裏的艱辛、勞苦、委屈和無奈。但也可以看到人性裏的純美。這樣的純美不是耀眼的，有心人看到了，必定會暗自感動，我對我的每一幅素描都很珍重，每一幅都有可以觸動我的感情的原因。我確實極力去追求素描的技巧，到了癡迷的程度。我極力去追求美，但我真正要追求的，不僅是追求技巧上的美，而是為了更好的表達我素描中的人物的美。」

羅天佑說：「你的素描，都取材於小人物。」

李天行說：「這太明顯了。我跟小人物最接近，不僅僅是在日常生活裏，觀察時，也是。卑微的人值得突出一下。不知不覺之間，情感也許也是最接近的。那位清潔女工有句話叫我震驚，她的一個較年輕的工友，做着兩份清潔工，在不同的地區打掃。這怎有可能呢？但她有甚麼必要要對我說慌？這麼需要體力的工作。」

李天行善於在平平無奇的生活裏，發掘小市民的生活點滴，畫面刻劃小人物的勤奮、耐勞、善良、慈悲，畫作形成了一種無形的力量，叫人看了感動。

李天行的作品不會令人覺得亮麗，更多叫人聯想到的是比較陰暗的角落。但李天行的素描，也有很多是在燦爛陽光的背景下。素描中的主角容許都是勞動者，其中有些甚至是不幸者，卻給了人一種溫度，感受到人生再怎樣，都是人間有情的。這樣的感覺很奇妙。

李天行的素描都有這樣的特點，很一般的，也就是說，一般人都見慣見熟，出現在素描裏，卻又不同的感覺，這就是經了畫家的創作。

沒有畫家這樣的專注經營，沒有這樣的觸角，就不會有這樣的素描的出現。

羅天佑相信，李天行看到的世界，是公共屋邨裏的尋常景物，那些老年男女，身材臃腫，步履拖沓，不良於行。無情的歲月，辛勞的工作，如何一寸一寸地把他們的身體侵蝕、扭曲的呢？要是如實素描了下來，是不是反而醜化了他們呢？

不，人們看到的一定是他的那份同情、憐憫之心。

十

羅天佑想，李天行在畫藝上的努力，必然容易得到別人的認可，他呢？他覺得自己在追求美，也付出很大努力，但不大容易獲得別人衷心的欣賞。

李天行的畫作不大讓人覺得亮麗，而他極力追求的，正是亮麗。

亮麗不是更惹人注目，更受人歡迎嗎？

他們之間的差別是明顯的。

華麗商場會更適合他。李天行極可能只是偶然間才來，他則是常客。讓他留連忘返的是化妝品專櫃。

中學時期放寒、暑假，他已找機會打工掙點零用錢。打工並沒有使他感到辛苦，反而，當他在連鎖快餐店打工，穿起制服，覺得比起純樸的校服要華麗得多，美的感覺叫他心情舒暢。

入了大學，幫人補習更加成了他的家常便飯。

領到工資，他必然第一時間，衝去買了他心儀已久的化妝品。他很記得第一次去買，男用化妝品很少，幾乎說是沒有。

大概沒有太多客源，化妝品進口商就不願意引入，即使有，男用品牌也不會多，想買也不容易找得到。一個大男人終日在女用化妝品專櫃徘徊，成了甚麼樣子？但個人的愛好壓倒了一切，也就顧忌不了那麼多了。

羅天佑開始翻閱有關化妝知識的外國雜誌。為了追求美，整個人的細胞都可以活動起來，對知識有種飢渴性的追求。英語雜誌所覆蓋的範圍很大，原本已足夠了，不過羅天佑還是開始去進修日文。西方的時裝固然很時尚，日本的化妝品，也許更符合亞洲人的皮膚。

有個時期，羅天佑有過奇遇。他直接打電話到代理商詢問，他在雜誌上看到的這個或那個品牌，你們有沒有代理？大概是幸運，接聽電話的剛好是個負責人，與羅天佑侃侃而談。

羅天佑的熱衷以及豐富得驚人的知識，大概叫這位負責人印象深刻，也許還有好奇，邀請他來公司見見面。面談了後，負責人問，有沒有興趣做我們的顧問？

這是羅天佑做得最開心，也最得心應手的一份工作。研究化妝品是一門學問，也是一種樂趣。為他日後購買化妝品，提供了很大方便。

化妝品給了人很大的誤解，沒有足夠知識，肯定會招來惡果。化了妝，並不表示就是美。愛美的女人，長年化了濃妝，最終把娟秀的顏容都給毀了，那就變成了醜了。

化妝品公司都會不惜工本，產品精益求精，市場很大呀！

每一種化妝品都有它的用處，好的化妝品不是侵蝕皮膚，而是對皮膚作了必要的護理。

羅天佑的女性化也愈來愈明顯，化妝技巧愈來愈成熟。對着鏡子，就不知不覺間輕輕地拉扯臉皮，讓臉肌也得到運動。習以為常，就會有效果，他的臉容變得精緻、亮麗了。他算得上是個先驅者，後來娛樂圈小鮮肉的打扮，羅天佑看得出，化妝技巧都脫不了他的影子。

小鮮肉的形象很受歡迎，已被廣泛接納，證明了他當時走的路是對的，只不過先走了幾步。

羅天佑跟父親的關係雖然勢成水火，卻從他身上體悟到一個道理：化妝得很精緻的顏容，是不可能獨立存在的，還需要其他方面作出完美配搭。

父親臉容被曬得黧黑，日常的衣着就顯得很簡單，因為他不必在這方面操心。夏天牛記笠記，寒冬都只加一件寒衣。做的都是流汗的粗活，所以穿寒衣，也不過是在入夜溫度下降之後加穿的。

羅天佑謀得高薪厚職，經濟條件愈來愈自如，心思開始投在衣着上。事實上，外國的美容、時裝雜誌上，美容與服裝的配合，是必然的主題。

女子婀娜多姿的身段，需要設計精美服飾的配合。就算是女強人吧，戰衣不求華麗，總也要盡量突出她的精悍能幹的儀表。這也是另一種形式的美態。

男子的身材，是不是就缺乏了衣着的天賦？

羅天佑第一次在外國時尚時裝雜誌上，看到一個有關女性男性化，男性女性化的時裝特輯，簡直是驚呆了。他對時裝設計家的精妙巧思，生了一種由衷的欣賞。

毫無疑問，時裝設計家都在不斷地開拓一個純美的世界。佔了人口一半的女性的時裝市場，已開拓得精采紛呈，時裝設計家們也在開拓另一半，男性時裝的世界。不再是西裝那麼單調。

時尚雜誌圖片上的男性模特兒，穿起裙子，並沒有給羅天佑突兀的感覺，而是感到進入了一個更美的世界。

羅天佑感到他在追求美的過程中，有很多人在幫着他，包括這些優秀的時裝設計師。男子穿起裙子是怎麼一個樣子的呢？看了圖片，羅天佑真的有了怦然心跳的感覺。男士除了穿戴西裝，也可以有另一種美。是一種飄逸的美，走在路上，就多了一份健步如飛的感覺。羅天佑現在就是一個身手很矯健的人呀！

然後是髮型，髮的顏色和長短，怎樣的配搭才得宜呢？應該留得長一些，卷得有點像波浪，這樣才有飄逸美，跳起街舞，更添一份朝氣勃勃的神韻。

羅天佑追求美，這種美要在自己身上體現出來。

在繁華街道上，羅天佑時不時會看到裝束亮麗的女子，很優雅的氣質。她們的人生路到底是怎樣走出來的呢？不排除有過寒微的日子，憑着自己的努力，入讀大學，然後，出國留學，拿了個甚麼商業管理的學位。

有了對美的品味的提升，又有了獨立的經濟能力，就一定會把自己打扮起來的。即使只是得宜的髮型，淡淡的化妝，飄逸的衣着，已可以把優雅的氣質襯託得很完美。現代的女子，已經知道，即使有意把自己扮得花枝招展，也應當包含自己的一份心思，一份努力，才會顯得珍貴，有陽光氣質。

在各個社交平台上，已可以感覺到這種生活方式的變化。很多現代女子，包括早已息影，做了富家少奶奶的影星，年紀也不小了，卻總不時喜歡貼出健身照片，做着難度很高的瑜伽動作，把美妙身材表露無遺。也許比起吃喝玩樂的豪華場面，她們更喜歡貼出這些照片。為甚麼？讓別人看到自己的努力。

羅天佑身邊的美麗事物愈積愈多，簡直俯拾皆是。很簡單的一個裝着化妝品的瓶子，本身幾乎已經是一件精緻的藝術品，設計師花盡了心血，當然都是出於商業的考慮，在羅天佑看來，也是出於對美的追求。花費得起的人買了，不是會覺得生活更加美好了嗎？

這就是他嚮往的美的生活。

十一

在李天行這一邊，他確實感到，他跟羅天佑之間，是有差異的。兩人互動，還是羅天佑主動的多。

李天行不可能感受不到羅天佑逼人而來的亮麗，明顯帶着貴氣。這一點，讓李天行產生了隔膜感，不免有了拘束，這樣的事件確實是有的。

不過後來，李天行偶遇了一件事，讓他對羅天佑有了很大改觀，親切很多。

李天行已養成了一個習慣，有時候，特別是在週末，他會帶備簡單畫具，尋找可供素描的對象。

這一晚，他來到尖東的海濱公園。週末這一帶總是很熱鬧。要是剛好遇上藝墟舉行，有個合適地點，他還會臨時擺檔，為顧客作人像素描。這也是觀察別人對自己畫作即時反應的好機會。

這一晚，路過一個較開闊的地點，他突然看見一群奇裝異服，打扮近乎妖嬈的人，在表演街舞，感到很震驚，這是他第一次很近距離真切地看到街舞的舞動，每個動作都很細緻，高難度，身體各部位，從頭、胸、腰、腿、腳踝，按照精緻而美妙的編舞韻律，渾身解數，每一個看似細微的，不起眼的，其實難度極高的舞步，組合起來，變成充滿活力，矯健的舞姿，把每一個動作配合得天衣無縫，快得叫人眼花撩亂，引得圍觀者不時發出驚歎，都露出不敢相信的眼神。

李天行在眾多的圍觀者中，有點不同，他有個很直接的反應，是取出畫板，要把不斷舞動的健美身段素描下來。李天行直覺感到，這是一種充滿朝氣的美。沒有追求美的意識的人，斷不會艱辛努力，鍛鍊出這樣美妙的舞姿，是一群怎樣狂熱的街舞愛好者，才會這麼靈動。

舞者都有極好的身段，這又是怎樣練出來的呢？沒有這樣的身段，就表演不出來。

李天行待要動筆，卻發現，太難了。要完美表達李天行為之目暈的神韻，只覺得有心無力。這就是創作的難關。

李天行開始用手機把現場表演拍攝下來。這樣有用嗎？不過，李天行只希望這些街頭表演者，不要那麼快結束這樣精彩的表演。

舞者當中突然冒出一個渾身冒着熱汗的人來，一看，原來是羅天佑。

一個人即使在夜色裏架起畫板，進行素描，也是很惹人注目的。大概就是這樣，引起了羅天佑的注意。

李天行大喜過望。

「原來你喜歡跳街舞，而且，身手如此了得。」

李天行第一次那麼認真的從頭到腳打量着他，臉上的笑容也不止是禮貌性的，而是帶着真誠的喜悅。

李天行緊接着又說：「真的很美，特別是近距離看，確實感受到一種很震撼的美。」

聽到李天行這樣說出了美這個字，羅天佑感覺很強烈。不知怎地，他一直渴望李天行對他一直追求的美，作出肯定。或許就是因為，這麼一個如此踏實的畫家發出由衷的讚歎，必然很誠懇，很有價值。奇裝異服跟美妙街舞配合在一起，起了美上加美的效果。李天行想，這在羅天佑身上特別顯著。羅天佑說的，要在自己身上，體現出美呀！

就是這個樣子呀！

十二

羅天佑看得清楚，李天行無論在生活上或藝術創作上，都充滿了人間煙火味。要是沒有這樣的人間煙火，他會不知該如何在追求美的路上走下去了。人間煙火裏有人間情、人間愛、人間美德、人間的種種堅忍不拔的典範。所有這些組成了最美麗的人間。

羅天佑喜歡李天行素描裏簡約的線條。李天行也表示，以簡單的線條，把人物表現得栩栩如生，才是高超的，一直是他努力的方向。

但李天行素描的風格，也有多變的能力，羅天佑看到李天行的一幅素描，線條極之密集，因為畫的是籠屋。密密麻麻的線條，把那種密不透風的擠迫，刻劃得叫人透不過氣來。

李天行説，他沒有親眼看過籠屋，看到的只是舊照片，但惡劣的居住環境帶給他的震撼感，使他一下子充滿了想像力。李天行説，他更想為劏房素描，正在找機會。

羅天佑最近看到的李天行的一幅素描，也不禁發出讚歎，他的讚歎已不限於李天行的才華和毅力，而是深深感到，一個畫家是否願意去觀察生活，可以看得出他對生活有多熱愛。

這幅素描，呈現芸芸眾生過馬路時，種種細微的神態舉止。

羅天佑想像着李天行怎樣在無數個黃昏，靠在路邊的欄杆上，靜觀各色人等怎樣過馬路。他把觀察到的具代表性的舉止神態，滙聚在素描裏，變成了栩栩如生的眾生相。

素描裏有的是略顯悠閒的退休人士，更多的是被生活驅使的匆匆歸家的職場男女。

素描裏他們不過都是些配角。主角是一位坐在輪椅上的人。看到這幅素描的人很容易就可以想像到，輪椅上的人在雜沓的人堆裏過馬路，是如何驚慌失措。

畫面上所表現的焦點，就是輪椅上的人這種驚慌失措正在持續着，因為交通紅燈已經亮起，而輪椅上的車輪仍未安全上到行人路。

輪椅上的人明顯擔心，輪椅因為遇上街邊路肩的障礙，不僅上不去，隨時可能倒退，被駛上來的車輛撞個正着，因為同樣心急如焚的司機可能不覺察輪椅會倒退。

這幅素描描畫的，就是以輪椅為中心，輪椅上的人身體向前傾，盡力搖動輪子，兩個路人在輪椅後面推着，有人在輪椅前面拉着。

觀畫者都看得出，正是因為坐輪椅的人縱使出盡全力，都無法及時上到行人路，才會讓善心的路人伸出援手，幫他解難。

這其實是個很絕望的畫面。

羅天佑不禁想起李天行素描過的，拾荒婦過馬路的情況。

羅天佑說：「你的這幅作品，至少從悲觀者的目光看來，表達的就是一種絕望。這一次他得到幫助，下一次呢？就能保證嗎？很可能未必。」

李天行苦笑了一下。

「對，我要表達的，確實包含了這麼一層意思。我們從小就在不那麼寬裕的環境中生活，充分理解到，不少家庭日子過得捉襟見肘，入不敷出的生活狀況並非罕見。生活苦澀，而要得到一點溫馨，確實不是必然的。」

「所以你就刻意在作品中表達溫馨嗎？」

「有了溫馨，生活裏就多了一點美好，素描就有這一層意義，一種尋找美的方式。把人的真善美的一面表現出來，對觀畫者來說，也是一件有意思的事，也許能多少喚起對別人多一點關心之意。」

十三

對比起李天行的人間煙火，羅天佑對美的所有追求，都是集中在自己身上。無論是對自己身體的刻苦訓練，包括苦練街舞，還是精心講究服裝和化妝，就是要把自己的身體，樣貌變得不一樣，藉着這樣做而寄託着自己的愛好、願望、精神面貌，也就是說，等同於藝術創作。

要是沒有李天行的對比，羅天佑恐怕不會想到美的生命力的問題。

李天行的藝術生命會維持得很長久，而他呢？會很短促。

為甚麼呢？只需要一個簡單的理由。他會老去。他比誰都明白，到了一定年紀，過份的打扮，不是美，而是醜了。他因不可避免的衰老，身體會退化，身體不再靈敏，以往的追求不是都變得荒謬嗎？

追求美，不就是要追求永恆嗎？追求美怎樣最後卻變成了醜！

李天行聽了這番話，淡淡地笑了。

這樣思考很有道理。

李天行也有想過，也有自己的想法。

要是一切都講究追求永恆，那麼，很多追求都談不上了。

不過，要是真的非談及永恆不可，那一定要談到傳承。

李天行說，我常想，我們個人即使把追求美做到極致，就有資格說真的達到極美了嗎？恐怕也不是。傳承有着更大意義。

我們作出了很大努力，其中包括了一層意義，就是為了讓後來者做得更好，創造更好的基礎。

美好的東西總是會有人追求，他們看到前人的成績，覺得很美，他們也跟着追求美，把美的東西變得更美。我也是不斷要從前輩汲取養分呀！

李天行突然問：「你有收看在杭州舉行的亞運會嗎？其中一個比賽項目，是霹靂舞，完全把我吸引住了。街舞不是很像霹靂舞嗎？」

羅天佑笑了。

「大概可以說，街舞是從霹靂舞演變而來的一種吧。」

李天行說：「按我的猜想，初期的霹靂舞不會這樣精采多樣，經過不斷的傳承，終於成了一項體育比賽項目了，等於得到了肯定。」

李天行對羅天佑説，那晚近距離觀看街舞，確實有種驚喜的震撼感。奇異的、精緻的裝扮，無論是化妝技術、髮型、衣着，配合着矯健的、美妙的、難度高得叫人不禁喝彩的舞姿，可以帶引觀眾進入很健康很美麗的境界。只有你們這樣的熱愛者，才有能力和條件創造出來。從圍觀者的喝彩和掌聲中，就知道這是一件賞心樂事。特別是女性表演者，中性的打扮，短短的頭髮，在柔和中加進了剛健的美，已是一種難得的美。一個不可思議的高難度旋轉動作，要付出多大努力！

李天行趁着這個機會又表達他的一個心願，希望為街舞表演愛好者作素描。不是一幅，而是一個系列。

「我想拓展我的創作題材，而這是最好的題材之一。認識你們很幸運，我對多姿多彩的街舞不熟悉，有了你們的耐心示範，把最好的表演出來，我的素描就會得心應手得多。」

富有朝氣的活動，就是健康，煥發一股特殊的魅力，特別是在現代大都市。物質是豐饒的，精神方面呢？時常看到都市人滿臉的蒼白疲累，已可以説明了一切。

在街頭看見街舞出現，是件樂事。

李天行和羅天佑各自對美的追求，原本就像兩條平行的直線。他們有幸相遇，然後逐漸互相吸引，兩條直線就慢慢地交叉在一起了，這本身就是件美麗的事。

他們所追求的，真的就是他們美麗的人生印記嗎？有很多人從事的，是更務實、更美麗的人生，譬如不顧自身安危，到斷垣敗瓦處處的地方，去救苦救難，不是更有意義嗎？

但一個人只要是努力去擺脫平庸，也是不錯的了。

羅天佑說：「每個人都會因為各自不同的人生條件、環境，而過着不同的生活方式，但只要是追求美，就一定是個積極的人生。」

李天行說，換了另一個說法也可以：「每個人都要克服自身所處的人生條件、環境，誠心去追求心中的美，才是積極的人生。」

漫長而又深刻的記憶：輪候街症

一九六二年

這一年，十二歲的陳果仁來到香港不到半年，就遇上了兩件大事，一件是公眾的，早已載入本地史冊。提起這一年的公眾大事，除了颱風「溫黛」襲港，還有甚麼更大的呢？貧窮落後年代，這座城市曾經有過任由災難長驅直入，肆意蹂躪的脆弱經歷。早已發展成新市鎮的鄰近吐霧港的沙田，當年被大規模水浸，頓成澤國，招致人命財產損失慘重的新聞黑白圖片，輕易讓人想起了「滄海桑田」。這種百味紛陳的集體記憶極具意義，說明本城從來都是在風風雨雨中走了過來的，跌跌撞撞，毫不瀟灑，卻也這樣茁壯地成長了起來，造就一座名副其實的現代都市。

「躬逢其會」的陳果仁，因「溫黛」襲港，感受到生死與共的患難感、頗引以為傲的自豪感，以及陪隨着而來的歸屬感，陳果仁想盡快融入社會的慾望很強烈。

第二件大事剛好相反，是很私人性質的。不過，正是這件事滿足了他的慾望，讓他第一次真真正正融入這個他初來乍到的社會，看到它的面貌，體驗到它的生活。

新移民對於一種感覺必定最敏感。一個人來了一座陌生城市，就會被安置在某個收容他的地方。

現代繁華都市，生活多姿多彩。一個人被安置到屬於他的那個社會角落，其生活方式，所代表的，只能是繁華城市極小極小一部分，卻必然是這個人的全部了，極可能貫穿他的整個人生。

一個聰明而理智的人，通常都會自己好好衡量一下，要是他來到這座都市時，是一無所有，能讓他容身的還會有哪個地方?只能是低層社會的一個角落，對吧?!

陳果仁遇上的第一件私事，正是低層社會的人，必然會遇上的事。

那麼一種必然的生活方式，因為他被安置的，正是低層社會的一個小小角落。

極可能是水土不服，陳果仁來港不久就染病了。

染病了，這算是甚麼大事呢？病重而瀕臨死亡邊沿了嗎？哪裏會有這麼回事！

當年他年紀輕輕的，對患病經過的印象很模糊，因此可以推斷，患的無非是感冒、肚痛之類的小病吧。

陳果仁這一次去看醫生，卻能在他的靈魂烙上印記，是因為他所見到的場面雖然很日常，很普通，卻是這個社會第一次對他，毫不客氣揭開最真實的面目。還有個他能聽得到，聽得懂的潛台詞：以後你見到的，遇上的，都會是類似的場面。

陳果仁果真以他一生的經歷，來印證他第一次看到的生活場面的真實性。

他不孤單，他只是他所屬的整個低層社會中很低微的一員。

六十年代的窮等人家很多很多，沒有錢看私家醫生的勞苦大眾，一律得去政府普通科門診輪候街症。

任何時代，都有窮人存在。而且隨着人口增加，窮人也會愈來愈多。輪候街症就變成了日常街景。

當然，五十年代的窮人遭遇更慘，反映社會現實的粵語片，就有描寫小孩子在風雨交加的深夜生病，只能聽天由命的情節。

陳果仁六十年代初來港後，定居於北角，北角還沒有普通科門診，所以就得到當時很著名的灣仔貝夫人門診看病。

這一趟去求醫，算是陳果仁來港後首次出遠門，在他的記憶裏，是很大陣仗的。天未光，就被叫起床了。在昏暗的電車月台搭上電車，也不知過了多少時間，只覺得路途遙遠。心裏不免惶然不安。

下車時，眼前換上了另一幅畫面，景觀不同了，嗅到了一股很濃郁氣味，很特別的市聲，這就是市井味。

街上行人很多，步履匆匆的，趕着去上班。推着木頭車的人也很多，是做着各種營生的，賣報紙的似乎最忙。太多人牛記笠記的裝束，應該是市井味的主要來源。

行人路上，有幾條長龍。

那時的交通不發達，大眾的交通工具，大概只有巴士、電車可搭。後來陳果仁就捱盡了擠巴士的滋味。

在他的記憶裏，當時他在行人路上所看到的幾條人龍，必定是等着搭巴士的長龍。

不過，其中一條人龍特別長，因外貌奇特而叫陳果仁倍加驚訝，人龍看不到龍頭，也見不到龍尾。

等候巴士的人龍，跟這條不見頭也不見尾的長龍並列，更加顯出兩條長龍的人神色迥異。等巴士的人雖是面露焦慮，其實正是他們有衝勁的表現。不見頭也不見尾的長龍的人，大部分已癱坐在地上，整個隊形東歪西倒，病懨懨的。

陳果仁第一次聽到了「輪候街症」這個名詞，正是這樣一種場面。

行人路路面很狹窄。

普通科門診開放的日子，行人路上無端端多了一條阻路的人龍，路面就有了不勝負荷的擠迫感。長龍裏面的每個人又全是一副病容，餐搵餐食的打工仔被迫在兩條人龍之間匆匆忙忙擠過去，遇上脾氣暴躁的男人，不免要粗言穢語滿天飛。

罵聲中，精神不振的門診輪候者，更加顯得畏縮，確實是阻人發財呀！整條人龍看來，更像被人亂棍毒打、奄奄一息的病蛇。哪裏有半點飛龍的威武。

陳果仁母子到了修頓球場那邊，才算找到了龍尾。

從晨曦未露，苦候到天開始濛濛亮，病人的心境如何？是否也多少明亮了起來呢？陳果仁看到的只是，身邊病人的病容，顯得更清楚。

那時樓房低矮，當陳果仁看得見陽光時，已不知等了多少時間。但距離門診開放還有一段時間。人龍長時間一動不動，就好像要保存僅剩的一點精力，又好像一副望天打卦，聽天由命的樣子。

窮苦的求診者已積累了一個共同智慧，要穩得籌碼，愈早去輪候愈有保障。

一九八〇年

這一年，陳果仁的母親退休了。

說是退休，是比較好聽的說法。很多窮人沒有甚麼退休的概念，要有退休的概念，已是一種幸福的象徵。她們只是再也找不到工作，或無能力再做事，才退下來。

帶着滿身傷痛，各種很嚴重的慢性病，退出職場。政府普通科門診成了很多窮人常年出入的地方。

普通科門診成了這個社會幾乎是唯一對她們這一類女子的回饋。沒有收費便宜的普通科門診，她們的境況會更加淒涼，因為人一老，大病小病都是一起來的。疾病欺老。

陳果仁曾經在一個公園裏，聽到兩個老婦人在閒談，一個身材臃腫異常，一個骨瘦如柴。肥的說，我做大家姐的，一早就得出來做事，甚麼粗重的工作沒有做過，從朝做到黑。瘦的說，我每日雙手都停不了，手停口停呀。她們從事甚麼工作，已沒有留下任何痕跡，但她們的口吻有種事過境遷的輕鬆，因為知道自己付出過超額的勞力，而有了至死仍會感到的自豪。但除了自豪可以在精神上得到一點滿足，身體上的狀況卻是糟透了。肥的真的臃腫得畸形，而瘦的顯得被壓榨得過度，是怎麼樣的生活把她們的身裁塑造成這樣呢，肯定的是，身上必然已染上各種慢性病。

普通科門診就成了這類人的聚集地。

去看普通科門診，是件很折磨人的事。雖然北角已設有普通科門診，仍然幾十年如一日，要輪候街症。得到了籌碼，才有看到醫生的機會。

陳果仁母親呂素心對輪候街症的事，不但已是老行尊，因心善、還能指點別人輪候街症的要竅。

可以這樣說，陳果仁母親對於一些初來乍到者的一臉茫然，不忍心不理，畢竟自己也曾經這樣無助。

陳果仁母親會說，你看這個輪候街症的現場，總能看到地面上的一長排雜物，彎彎曲曲地排列着：雨傘、報紙、膠袋，一切可以用得上的東西，都可以拿來用，這是求診者在霸位，你數數看，一件雜物算一位，隨便放件東西霸個位，就可以找個別的較舒服地方坐坐，休息一下，免得一直站着。

需要求診的病人，早已渾身不舒服，雖說受一番枯等的折騰，是在所難免，但大家想出一點辦法，可以減少一點折磨。

不過，平日裏，只要在自己可以承受的範圍內，還是願意老老實實排隊，實在受不了，就原地坐坐。當然，常常也是被迫的，大家都乖乖地排隊，你不排，你的位置就沒有了。輪候街症，派的籌，有個固定數目，哪管門外的人龍排得有多長，都是這個限定的數目。

求診者即使再熱心，因為同病相憐，而必然會有的同情心，但明顯處境是自身難保，能幫得了其他病友多少忙？愈是病重者，為了穩得位置，愈是更早來霸位，愈是不敢離開隊列。

但以雜物來霸位的技巧，在某些日子裏，真的不採用，就不知道如何捱得過去？

寒流襲港的日子，就認定不會有人膽敢在氣溫零度的凌晨三、四點，到普通科門診門外排隊輪候嗎？

陳果仁試過在惡劣天氣下去輪候街症。母親病重，確實難以親自來輪候街症，又不想去看收費昂貴的私家醫生，陳果仁就代母親去輪候。

在氣溫零度，凜洌的強勁寒風的吹襲下，有誰能頂得住呢？無論一個人穿了多少層衣服，都難以抵擋得住的。寒風就像一支又一支的利針，要刺進人肉裏的。就是在避風處，整個人都會發抖。

深夜的街燈，燈色就更加顯得冷寂，淒涼。最可憐的是那些沒有人替她們輪候街症的老人家，要是輪候的地方是當風，因為害怕失去一席之位，只能瑟縮着身子，一動也不動。不是可以以雜物霸位，然後各自尋找地方躲避嗎？但無情的疾風是會把一切都颳走。老實的病弱老人，就是死頂也要堅守在她的位置上。

要是在深宵，來了狂風暴雨，情況又會怎樣呢？陳果仁沒有試過，他其實是不敢想像病人處於如此境況下的慘況。

此情此景，是不是最能說明，被疾病驅趕在一起的老人家，真的是被社會忘記、拋棄的一群？陳果仁不知道這類病人裏，是否有過病人不支倒地的個案。

但要是用上「熟視無睹」這個名詞來形容此情此景，也欠公允。

至少陳果仁居住的地區的普通科診所門外，外貌也起了一些變化。診所門外有鐵架搭建了起來，開始有了點兒可以擋風遮雨的地方，鐵架下有一長排二十來張的坐椅，張貼出來的告示說明，是供給老人家坐的。

雖說是杯水車薪，總歸是一件大好事。

但漏夜輪候，看來是一項既定政策，幾十年來都是一樣，一點也沒有鬆動。

陳果仁有時會妙想天開，民間怎麼不發揮自己的智慧，自行制造籌碼，先行派發，等到普通科門診開門時，就憑這個籌碼去領取正式籌碼，這可以減少多少輪候的折磨。

真的是妙想天開，但這個想法寄託了多少善意。

只是有誰有這樣的權威這麼做。

二〇〇六年

這一年，對廣大基層病人來說，因一項新政的推行，成了很重要的標誌性的一年，一種很不人道的街景消失了。但這個重要事件被嚴重低估了。或許因為主要受惠者，是長者。

這一年，果仁母親已逝世，她享受不了這種重要新政帶來的好處。

這一年，陳果仁距離從職場退下，才只有幾年時間。

新政是：政府普通科門診推行電話預約服務。聽到了這個消息，陳果仁大大鬆了口氣。新政策的推行，讓求診者有了明確的就診時間，至少不必在深宵於街上苦等，還有甚麼比這更大的福音？

陳果仁一直在擔心，退休後，他肯定會像母親那樣，普通科門診成了他常年出入的地方，如何去應對苦候的折磨呢？身體愈來愈差了，精神上和心理上都感到重負。別說重症了，一個小病，動輒就得花好幾個小時去輪候。

小病肯定會愈來愈多，對於一個病弱者來說，肯定會有種疲於奔命的感覺。

新政確確實實是項巨大仁政，讓無數人漫長的惡夢終於告終。「輪候街症」這四個耳熟能詳的字，變成了歷史名詞，是賜給他陳果仁的最大禮物。

是怎樣的一隻巨手，推動了這項新政，改變幾十年來的做法？

一時之間，最高級別官員和議員都表示了高度關注，高調深入民間，甚至到現場視察，表示關懷。在陳果仁記憶裏，似乎他們曾以愛民口吻，眾口一詞認為過去的做法不可思議，叫人難以置信，怎可能長期存在？

陳果仁留意到一種說法，為長者爭取到兩元車費優惠，是最大德政。在陳果仁看來，為窮苦大眾爭取到這個方便，才是最大德政。完全沒有需要投下大量開支，卻已解救了無數無助病人的痛苦。

不過，也因此，陳果仁才真真正正體味到作為小人物的卑微、悲哀、無助、無奈。

陳果仁一直在社會底層苦苦掙扎，還從未如此強烈感到原來自己如此低微。真的需要有權勢的人來打救。

陳果仁只是不明白，輪候街症的苦況已存在了數十年，普通科門診未開診前，街頭輪候街症的畫面就早已出現，怎麼會看不見呢？這才真的不可思議。

也許，輪候街症最痛苦的時間，是發生在深宵，在天寒地凍的時分，都是在除了病患者，幾乎沒有其他人會出現的時候。

原來，民間疾苦，只要有份同理心，有份關心，還是可以減緩的。

二〇二三年

這一年，陳果仁已退休了好多年，超過「人生七十古來稀」的年紀。小病小痛愈來愈頻繁，而且，只允許醫生診病幾分鐘的普通科門診，也早已應付不了他的不斷積壓的病患，要持着醫生的介紹信，去看不同的專科醫生。

去看專科醫生，代表一個人的病患進入了一個新的階段，真正踏進了一個足以讓人感到怵目驚心的病患世界。

病患世界是有很多叫人震撼的場面的，尤其是，自己已成了製造這種場面的其中一員。

為了預防可怕的糖尿病上眼，他每隔一年半，就要到醫院驗眼。不敢掉以輕心，出了事，可是要眼盲的。

雖然病人都是按照各個時段來登記覆診，整整一個樓層的候診區，甚麼時候都是坐滿了人。陳果仁想像着病患者就像海水，一浪又一浪的，毫無休止地湧了過來。

讓人感受到一種非常大的沉重，絕大部分是白髮蒼蒼的病弱老人，就像被這種壓力，壓得神情呆滯。

不是說，眼睛是靈魂之窗嗎？眾多的眼疾患者聚在一起，散發出來的眼神就顯得特別，靈魂之窗關閉了，整個人就會特別黯淡。

一律都是坐着，等待着擴音器呼喚着自己的名字。

陳果仁終於注意到熒幕上的一個很顯目的溫馨提示，登記時間不等於是看診時候。就是說，這中間有個候診期。

要等候多久呢？經歷了，就會明白。去看專科醫生，最好預備好一個上午，或是一個下午。

看了這個溫馨提示，應該就會明白，有關方面對病患者並不是沒有同理心和同情心，而是已沒有了優化的空間，才會這樣做，而提出這樣的溫馨提示，必然是因為為數不少的病患者，發出的怨聲被聽到了。

陳果仁要去看的專科醫生，已不限於眼科一項。人愈老，要看的專科就會愈來愈多。想到這麼一個前景，他已不僅僅是心慌，而是恐懼。就像他以前失業時的徬徨，日子該如何過才好呢？難道這就是他的痛苦的人生連續劇？

要去看多種專科醫生的老人，一定眾多。這一定就是造成候診區人滿之患的原因了。「人老腳先老」，這句話是充滿智慧的。陳果仁過早出現老態龍鍾之態，是兩腿膝蓋都出現了嚴重退化，走路愈來愈痛。他深深感到，他的日常生活，受到嚴重影響了。

不知照過了多少次X光，陳果仁好不容易才拿到去看專科醫生的介紹信。排期很長，要等兩年多才得以第一次見到骨科醫生。

陳果仁去看專科的次數多了，逐漸有了更深入了解，有兩個現象讓陳果仁印象很深刻。

應該可以肯定地說，無論是去到哪個專科，都會遇上類似的人滿之患。整個候診區，總是密密麻麻坐滿了人。也總是等着。

還有就是，醫護都有高質的，訓練有素的醫德和仁心。面對密密麻麻的病人，在高壓下工作，卻總能有條不紊，對病人態度溫和，甚至體貼。也許他們入職時，就明白了照顧好病人，是他們的天職。

一個人對事情有了了解，心境總較容易心平氣和，因為有了諒解。

所以，陳果仁會想，專科醫生也會有感到很無奈的時候嗎？比如眼科，專科醫生只能觀察病人眼睛的病變，卻阻止不了病情的惡化。要是驗出白內障、青光眼，只得做手術，病人要是沒有經濟能力去看私家醫生，只能輪候一途了。

唉！輪候？時間很長。

膝蓋病患更加是個很明顯的例子，無論是病人和醫生都明白，病情只會愈來愈嚴重，除了換膝，還有甚麼辦法？

所以醫生會婆心苦口地向病人勸說，不是換人工膝蓋就一了百了，尤其是糖尿病人，做了手術，細菌、病毒更容易入侵。一定要參加物理治療班，按照專家設計的動作，勤加鍛鍊強化自己肌肉，這一點很重要，即使有了換人工膝蓋的機會，自己努力，強化肌肉都是重要的，不要誤了自己。

等待換膝的時間會很漫長很漫長。在這漫長的等待裏，不自己努力強化自己肌肉，就算等到了換膝，可能已作用不大。

這個道理，陳果仁完全明白。要是到私家醫院換膝，動輒就是十幾二十萬，簡直是個天文數字。僧多粥少，所需的龐大的資源能從哪裏來！

陳果仁每天生活的重點，就是勤作運動，盡量過健康生活。陳果仁知道，自己的身體埋藏着不少地雷。白內障、聽力、牙痛、心臟、腸胃的毛病都在嚴重威脅自己。

陳果仁明白，必須去看更多的專科，就要面對更長時間的等候。這是另一種方式的疲於奔命。

原本以為已消失的輪街症，以另一種形式，在專科出現。以現在的說法，可以稱為輪街症2.0。

但需要看專科的病患者，要做運動大都已有心無力。譬如骨科，身體超重是膝蓋病患者的大忌。但你如何叫一個走幾步都艱難的病人去有效燒脂？

陳果仁有時等得悶了，根據經驗，知道還有很長時間才輪到自己，就到醫院各處走走，看到有一塊壁報板，上面貼滿了病患者寫給醫護人員的感謝信。陳果仁駐足仔細看了好幾封，書信寫得情真意切，讓他身同感受。陳果仁深深感到，病患者是多麼期望醫護的真心付出。「醫者父母心」對病患者來說，是無價的。病患者的壓力是來自全方位，最能夠感受到世態炎涼，碰上一個跟自己最切身的，待自己很好的醫護，會感激流涕。

在人滿之患的候診區，陳果仁有時會發現停泊了好幾架擔架床，床上躺着的老人，雖然讓被子蓋着，身子好像都縮小了，顯得特別瘦削乾癟，他們一律緊閉着雙眼，世間任何形式的等候，都與他們無關。

原來，感受到等候的焦慮，也是一種生命的象徵。

陳果仁想，他甚麼時候，也會到達這樣的狀態呢？

不過，另一方面，很讓陳果仁觸動的，是他發現候診區有一種特別的人，她們身穿着同款衣飾看來很樸素，卻是太美麗了。她們不是病人，而是義工。

她們陪伴着坐輪椅的或特別需要幫助的病人來看病。在陳果仁看來，她們的眼神都有特別的神采，不是精神飽滿的那種，卻有那麼一種神奇的力量，足以把一個人支撐了起來，讓人感到慰藉。她們是些怎樣的人呢？如此慈悲心腸的人，陳果仁無法想像，但因為發現了她們，陳果仁感到有一道陽光射進他的內心，感受到特別溫暖。

在這樣一種除非不得已，都不願意來的，充斥着病菌的地方，她們本着一片善心來了，是要來扮演天使嗎？來作一番示範嗎？

陳果仁因為坐在她們身邊，才留意到她們。

他聽到她們的一段很簡短的對話。

一個說：「重病的人，等候的時候很辛苦呀。」

另一個說：「那是一定的，不是已經發生了這樣的事嗎？聽說是在急症室，一個病人等着等着，終於等不了，就死了。」這樣說着，聲音已變得哽咽了。

她們是另類天使，人間的。很簡樸，很謙卑，但真的很美。

陳果仁知道，在很多很多專科，比他病情嚴重的不知有多少，這個人間，多麼需要多些這樣的愛的天使。

海上夫婦

陸東第一次見到陳四，是在一個春天正午。

銘記茶餐廳的店門打開處，企堂陸東只覺得有團黑色朝他滾滾而來，讓他有種迫視太陽的感覺。看到太光亮的事物，視野就模糊了。陸東看到的原來是一名漢子圓圓的臉盤。臉盤之黝黑，讓人聯想到陽光不知花了多少時日，把一層又一層的黑色耐心地塗了上去，才會有這樣的效果。

陽光精華在這張臉盤上濃縮了，濃得再怎樣刮都刮不下來了。到了沒有陽光處，臉上的陽光反倒散發了出來，叫人不敢迫視。

此時，黝黑臉盤上綻放的笑容，更加像是強烈陽光，煥發出來。

水上人家才會有這樣深得牢不可破的膚色。陸東當時是這樣想的。

進來的漢子中等身量，穿了件極度鮮豔的橙色和紫色相間的背心。茶餐廳附近要是有建築地盤開工，也有成群結隊穿着類似背心的工友來吃飯。一眼就看得出，這位漢子穿的背心，有着救生衣的功能。

乍眼看去是個虎背熊腰彪形大漢，走近了才知個子瘦削，他穿着的臃腫外套，把陸東的視覺給騙了。

陸東連忙上前招呼。

一位？

然後指了指空着的座位，請他入座，轉身就要去給他拿一杯清茶和一對筷子。這是企堂的慣性動作。

流露在漢子臉上的笑容很燦爛，幸好有這麼溫和的表情，不然，他一開口，給人的感覺就完全不同。他的嗓門粗，透着焦急，像在跟人吵架。

「我是來訂飯盒的，約三十盒。」

說明了來意，稍微有點緊張的情緒穩定下來了，憨厚的笑容就出來了，好像也知道自己的聲音會把人家嚇着的。

「我們開工的日子，都會勞煩你們為我們準備飯盒。要甚麼飯，會早一天通知。我們明天要的飯盒和飲品，現在就告訴你，後天的菜單，明天你們送飯時會告訴你們。每天正午送到附近的公共碼頭，每天約三十盒。接不接這單生意？我知道正午正是你們最繁忙的時候。」

這位外表粗獷的男子，看來確實不善言辭，但此時一副認真，倒是說得有條有理，好像把這番話當是一段台詞，事前已唸得滾瓜爛熟，一上舞台就流暢地唸了出來，笑容顯得更敦厚了，好像怕別人看不到他那給黝黑掩蓋的笑容。

一個客人這麼客氣，倒是少見的，讓人以為他是外星人，不知道現代都市服務性行業，是把客人奉為神來招待的。

老闆娘早已聽到，知道是不錯生意，連忙趕了過來親自招呼，請陳四坐下。

「坐下來慢慢說，先喝點吃點甚麼，我請客。」

陳四明天要的具體飯盒和飲品，後來由陸東為他一一記下。不免也聊聊天。就是這樣知道他叫陳四。陸東感到了一種意外的開心。

說是意外，因為雖說初次見面，只說了幾句話，已知道他遇上的，是一位爽朗，毫無機心，可以讓人放下心來跟他相處的人，好像很久已沒有了這樣的感覺，僅僅是這樣的感覺已可以叫人開心不已。

陳四臨走時，有個舉動，陸東後來才深受感動，深感這個人真是宅心仁厚，不然，他不操這個心，對他也沒有甚麼影響。陳四一定要在臨走時，再跟老闆娘打個招呼。陸東原以為陳四純粹出於禮貌才這樣做，感謝老闆娘剛才招待他的那杯咖啡，不料只聽到陳四說：「我當然每次都會準時來接飯盒。我明白你們這段時間很繁忙，簡直像打仗一樣，需要人手。但有時真的不得已，會遲到一點，請老闆娘包涵，最要緊別以為夥計偷懶。」

陳四說得很認真，滿臉誠懇。老闆娘聽了不禁笑了。

「你這個人真好心，把一切都包攬在自己身上。放心啦，我們的夥計，是世界上最好的夥計。」

陳四笑着，一邊後退，一邊鞠躬，不知道是哪裏學來的禮儀，陸東想，陳四特意說出這一番話，也許是以前有過類似經驗吧。海上作業地點不同，他應該到過別處的茶餐廳訂過飯盒吧。

送貨地點在公眾碼頭。雖說跟茶餐廳相距不遠，其實也有一大段沒有遮蔭的路要走。

飯盒和飲品總是由陸東和另一個夥計負責送去，一手交錢，一手交貨。

三十個飯盒和飲品，最好用手推車送去，或者用單車。不過，以前從沒有接過這樣的生意。臨急臨忙，哪裏去找手推車，或單車來？也不知道這單生意可以做多久。老闆娘自然不想勞師動眾，添加些甚麼。要是添置手推車，或單車，不用了，也只能放在後巷，隨時被人偷去。

用人手提着送去，確實是夠吃力的。而且，正值繁忙時間，突然少了兩個夥計招呼客人，其他企堂就真的要忙得透不過氣來了。不過，茶餐廳要維持經營，也不容易，有生意可做，自然不會放過。老闆娘也要親自招呼客人了。

送外賣很辛苦，卻也有補償。長時間在室內工作，突然得了個機會出來面對海闊天空，感覺完全不同。春天是美好時節。

兩個人送貨，其中一個到達目的地，就匆匆趕回茶餐廳，另一個等。兩個人輪流這樣做。陸東有了這個機緣，見識了陳四從事的很不同的工作類別。

陳四總是駕駛着由發動機發動，在海上飛馳的舢舨來接飯盒。

有時，陳四比起約定的時間來得遲了，陸東就有機會看見舢舨在海面上浮載，由最初的一個小黑點，慢慢變大。電動舢舨在遠處，只覺那一小點永遠都只在海面上浮動，黑點愈來愈大，到了跟前，才知道電動舢舨速度很快。

無端會叫人聯想到夏日碧海上的滑浪活動。

生活每天都可以這樣寫意？

陳四接過飯盒，連聲道謝，辛苦辛苦，一再抱歉地說他來遲了。其實，就陸東個人來說，巴不得陳四每次都來遲一點。

舢舨再度開動發動機引擎，舢舨一浮一沉，愈走愈遠，到了遠處，就像一隻俯衝海面啄食魚類的海鳥。

陳四有時單獨一個人來，不過，更多的時候，電動舢舨上通常還會有一個穿着同款救生背心的女人同行，看來大概是為了有個互相照應。行船走馬三分險嘛！

要不是陳四，陸東恐怕對水上女人不會有甚麼特別留神，確實也沒有這樣的機會認識。

一對在大海謀生的男女，做起事來都有他們自己一套的長期養成起來的默契吧！不用介紹都知道他們是老夫老妻了。確實也很有夫妻相。生活環境造就了他們共同的膚色。性格嗎？夫婦都喜歡笑，遇上人，都先送上一個燦爛的笑，好像非這樣不可。確實也給人很愉快的感覺。

生活裏有着無數隱形的壓力，人際關係恐怕是當中最大的一個壓力來源。遇上了一個好的，例如陳四夫婦，陸東確實油然生出了一種心境為之一鬆的感覺。這樣一種很美妙的感覺，不也就是等於結識陳四夫婦，就是收到一份再珍貴不過的禮物嗎？

一個人的生存環境，是否對這一個人的性格產生巨大的影響？比如說，見慣了風浪的大海生活，必然就會培養出獨特的性格，或氣質？諸如開朗、豪爽、堅忍、無畏、熱誠、好客、禮貌，但同時又處事冷靜、機智這些美好元素？

在陸東看來，這些美好元素，在這對海上夫婦身上，都有。

陸東要是出於強烈好奇心，真的問了，陳四會回答嗎？他如何回答？

美麗的海景，晴朗的天氣，陳四夫婦展現的開朗樂觀的笑容，都讓陸東產生一種感覺，這對夫婦從事的工作，頗為寫意。生活於海闊天空，天天像在遊船河，在水上滑浪，還有甚麼比這更理想的差事？

陸東不敢問陳四的工作詳細情況，能夠見面點頭，微笑致意，已經是很大緣份。君子之交，應該淡如水，才會讓人舒坦。

只是，陸東私底下覺得他們以前是漁民。陸東曾有一段時間在香港仔的工廠打工，認識一些工友，就是在捕魚業式微後，上岸打工的漁民。

升斗市民，在大環境變遷下，也需要根本上改變他們的生活方式，縱使再大的變化，日子都得過下去。陳四夫婦不必上岸，仍在海上生活，對他們是否可以起了一點撫慰的作用？當然，從事的工作不同了。從捕魚，轉到服務性，這倒跟整個社會從密集勞工產業轉到服務業的趨勢很吻合。

負責外賣，應該就是他們的其中一項工作吧。海港應該有着陸上人不知道不了解的海上作業。除非是像燈塔這樣的地方，海上作業注定是飄泊的，一般不會長久在一個地點。幾十人在一起工作，又不是長期的，專聘一個人來做廚師，不大化算。

再說，雖說現代通訊已很發達，但是一些重要文件，圖則，還是需要專人傳送。

陸東只不過是自己這樣胡想：猜測這些都可能是陳四夫婦可能會做的事情。

陸東想，要是陳四夫婦如他所想的一樣，原本是漁民，那麼，每次漁船回航時，一尾一尾會蹦會跳的鮮魚，應該會給他們帶來更大的踏實感覺，更有充實感。

現在，他們每次開動電動舢舨，當然都有個目的地。但現在他們自己的心裏，應該已沒有目標。他們從事的，都是些例行事務了。從這一點來看，跟陸東從事他的企堂工作，性質是一樣。只不過，陳四夫婦依然在海上工作。

人生沒有可能總是風平浪靜，每次轉折都很重要，都是一次考驗。對於蟻民來說，每次轉型成功，都是一大幸事。

日子過得穩定了，卻失去了心中自主的目標，雖說或許有遺憾的感覺，但凡事哪裏有十全十美的，陳四夫婦應該知道的人，都會明白這算得上是不錯的事了！

你看陳四夫婦的笑容！多開朗。這是表示了他們的滿意，或者更多的流露了一種隨遇而安的豁達！

這一年，盛夏似乎提早來臨了。

或者只不過是，因為陸東需要送外賣，才會有不同的感受，覺得盛夏提早來臨了。

在現代大都市生活，逗留在戶內還是戶外，對天氣的感覺很不同。

大自然的酷熱是漸進的，好像心懷慈悲，要給人一個適應的過程，可是這有甚麼用呢？大都市很多地方都有了冷氣裝置，一旦到了戶外，就是另一回事了。戶外的環境，更似舊時的爐灶，天老爺往灶裏不斷添加木柴，愈燒愈旺。灶裏散發的廢氣，就等於都市汽車噴出的污染物。

酷熱高峰走在街上，會給路人難以承受的窒息感。

要不是陸東需要送飯到碼頭，也不會真正體驗到都市最酷熱的時候是怎樣的。甫把開放着冷氣的茶餐廳店門推開，街上的熱浪，就像熱火般撲了過來，臉上如被火燒一般灼熱。

送外賣到公眾碼頭，變成了名副其實的苦差。

前往公眾碼頭沿路，完全無瓦遮頭。腳底下曬了整整一個上午的地面，熱氣直往上衝，豆大的汗水很快從首當其衝的頭頂流下，雙手不稍一會兒已變得濕漉漉。在這種情況下雙手拎着重甸甸的飯盒和飲品，每一步都像在地獄行走。

毒日頭下的公眾碼頭，空蕩蕩的，一個人影也沒有。誰會到這個地方曝曬受刑！陸東這才發現，這個簡陋的小型公眾碼頭，沒有任何遮蓋物，站了幾分鐘，已變得像是熱鍋裏的螞蟻。沒有海風，海上起了霧一般的散不去的白茫茫，恍惚間，只覺得海水就像開水燒滾了一般沸騰起來。

終於看到像逗號一個黑點的舢舨，慢慢地變成了像一隻蝴蝶，在海上飄動，看似很輕盈，在白霧彌漫的海上，飄着飄着。

任憑舢舨有多輕盈，敏捷、快速，都像在掙扎着，受傷了，還是逃不出沸水一般的海面。此時，在陸東眼中，舢舨又像是變成了青蛙，不是溫水煮蛙，是滾水。舢舨在海面上起伏，真的像一頭青蛙，受不了滾水的煎熬，跳躍起來，但還是要落到滾水裏。跳上跳落。掙扎得太痛苦了。陸東很真切地感受到那份痛苦，因為他也同時受到痛苦的煎熬。

還相信這是很寫意的工作嗎？

海很大，名副其實的無路可逃。無論有多大本領，都只會被封鎖在熱浪裏，而且總是長時間。人在舢舨裏，不就像食物在蒸籠裏嗎？

陳四夫婦都戴了寬大的帽子，在陸東看來，在熱浪下反而穿戴更臃腫，為了避免曝曬，反而要穿着更多嗎？

海上人家有迥然不同的生活方式嗎？酷熱天氣，不是要盡量穿得少嗎？

陸東很想開口請教：「烈日下駕駛着舢舨高速穿梭於海上，滋味如何？在熱浪中高速穿梭，能夠製造出一點清涼嗎？」

這應該是個很無聊的問題，真的問了，陳四很可能對你溫和地笑了一笑。

陸東倒會自問，在高溫下跑步，會產生習習涼風嗎？

陳四臉龐上見不到底的黝黑，愈發變成一個黑洞了。他忘不了陳四的笑容，有一份慈悲的神色，從那黑洞中冒了出來。

「這樣酷熱的天氣，你一定受不了，還要你送飯來，真難為你了，很多謝，很抱歉。」是陳四女人上岸接過飯盒，分成幾次，由陳四在舢舨接過放置好。

此時，發生了一件叫陸東完全意料不到的事。

陳四女人接過最後幾個飯盒時，眼利地看到了陸東手上的紅痕，發出了一聲顯然蘊含着憐憫的叫聲。

「你這樣送外賣不行。」她對陸東說。

然後女人轉向陳四說：「上次那間為我們送外賣的茶餐廳，不是留下了幾條很大的用來包外賣飯盒飲品的白毛巾嗎？你找找。」她轉身指了指陸東他們，又說：「他們這樣拎着外賣送來，太辛苦了，用白毛巾包着，拎着就不那麼辛苦。」

陳四果然在艙底找了幾條白毛巾出來。

陸東從此對海，有了另一番認識，海之所以給人寬闊的感覺，只因為它是無遮無擋的。海的極致的美，也就是因為它的無遮無擋。

但大海的極致嚴酷，同樣也是因為它的無遮無擋。它要作惡的時候，沒有誰可以阻擋得了它。要領略到它的極致的美，需要足夠大的精神空間，而要承受得了它的極致嚴酷，就需要強健的體魄。

大海極致嚴酷的環境，就能鍛鍊出生活其中的人的強健體魄嗎？陸東對這就不懂了。肯定的是，海的奇美，陳四夫婦日日面對，還有欣賞的興緻嗎？但大海的嚴酷卻是不能不面對的。

陳四夫婦應該學會了面對嚴苛環境的能力。由於深知環境的惡劣，反而更有慈悲之心，幫助初臨惡劣環境的人。

宜人的秋天來了。秋色下的海景再次變得很美。

秋天是讓人喘息的季節，一切都溫和了下來。

陸東休假的日子，也會去碼頭觀賞這另一番風貌的美景，有一回，意外地遇上了陳四。

「我很怕熱。」陸東說。

「人老了，一定會的，不比年輕的時候。年輕總會去沙灘嬉水吧！」陳四笑着說。

「我有一次遭遇，那是發生在我最徬徨，最無奈的時期。為了燃眉之急，去做了一份地盤工。其實那也不算是地盤工，因為大廈已經竣工，只剩下一些收尾的工作。我被派去鑿石屎。我不知道死活，以為不過是一份粗工。到了下午，毒日頭曝曬着我蹲着身子鑿石屎的那個小角落，空氣無法流通，熱力就聚在那裏不散。我勉強支撐到收工，回家後知道已中了暑，發燒了三日三夜，我從此對酷熱有種本能的害怕。耐熱可以鍛鍊嗎？我只會被熱死！」

「一直都是做這類工作嗎？」陳四好奇的問。

「不，工作不穩，經常轉工。茶餐廳份工其實也不穩。很久以前做的是製衣廠師傅。」

陳四恍然大悟點了點頭。

「哦，轉行了。你說的徬徨我明白。」

「以前你做漁民，覺得會比現在這份工作好嗎？。」陸東談得投入，忘了自己要謹言慎行的原則，竟把自己僅僅是猜想的事，當作事實說了出來。這其實是很冒昧的事。陸東是輕易不會這樣的。也許正是陳四的坦蕩蕩的毫無機心的笑意，感染了他，一下子就放下了戒心。

不料陳四點了點頭，陸東留意到，陳四黧黑的臉龐上，流露着一絲懷念的傷感神色。

「至少酷熱難當的時候，有了船艙，躲了進去，有個即使不是陰涼，也不必在陽光下曝曬的地方。」陸東說。

陳四默默地點了點頭。

陸東想，如果他對陳四的生活整體，知道得更多一些，至少他會加上一句：「至少嚴寒難當的時候，有了船艙，可以進去躲一躲可以找到溫暖一點的地方。」

季節性的更替，嚴冬無可避免來臨了。

生活在香港這樣的城市，一般人認為這裏的冬天很短暫，甚至可以說，沒有。

都市人對氣溫變化這樣的感覺，很正常，在戶內做事，一年四季身處的都是恆溫，陸東的感覺當然也是這樣。但陸東有了給海上夫婦送外賣的經驗後，感覺就不同了。原來，酷熱會把一切都融掉，而嚴寒卻是非把一切都凍結，誓不罷休。

大自然的嚴寒也是漸進的，嚴寒到了極致的時候，特別是天色陰暗，吹大風的日子，身在戶外，就像整個人被投入了冰窖。

氣溫驟降到接近零度的那個日子，天地陰森森的，颳着強勁的陣風，又是飄着綿綿不絕的細雨，陸東想，縱使是正午，要是他們沒有用陳四夫婦給他們的大白毛巾，包紮着飯盒飲品，拎着上路，恐怕只走到半路，凍僵的手指，在各自拿着十幾個飯盒的重壓下，就要斷掉了。

被凍封的東西很僵硬，表面看上去好像牢不可破，堅不可摧，其實是很脆弱，讓人生了可怕的聯想，任憑甚至東西，隨時在重擊下，都會一下子就斷掉了。

拎着飯盒的手指當然也會這樣。飯盒和飲品加起來是這麼重，而手指又是這麼脆弱。

鉛塊一般的天空，陰沉而灰暗，被嚴寒凝結了，失去了飄動的能力，以一副愁容望着同樣被嚴寒凝結的大海。

從東北方颳來的海風特別凜冽，每吸一口氣，就像抽氣機，呼出時，也把體內的暖氣抽走了。冒出來的暖氣像煙一般，在寒氣裏飄散，瞬間好像也被凝結了。陸東感到過不了多久，整個人很快就會乾枯。

正午的公眾碼頭，從盛夏的蒸籠變成了冰庫，失血般沒有絲毫色彩，灰濛濛的天空和灰濛濛的大海凝固在一起了，奄奄一息。乍眼看去，海港都結成可以在上面行走的冰洋。或許是因為沒有陽光的緣故，或許是陸東尚未試過這般寒冷，他只感到雙眼都結冰了，而產生了幻覺或錯覺：大海是那麼空曠，空曠得叫人生畏，一種無處可逃的恐懼感覺。

陸東把自己瑟縮成一團，雙手插在衣袋裏，寒意卻毫無減少。在海風吹襲下，陸東從未如此期待陳四的電動舢舨盡快出現，甚至以為舢舨再也不會出現了，因為被凍結在海上了。

終於看到舢舨，更像在冰面上滑動。罕見的冰上運動。

很久很久，還是那麼一個黑點，好像被凝結住了。

陳四是不是也像冰人一般，只有冰人才能不受寒冷入侵，屹立不動。

駕駛着疾馳的舢舨，航行在無遮無擋的大海，迎着刺骨的強風，寒冷就變成了千萬支無情的加速的利箭，陳四夫婦就成了無法躲避的箭靶了。情況應該就是如此。

陳四女人接過飯盒的手，除了那經年不退的黝黑外，似乎多了層紫色，幽幽地發着光。為甚麼不戴手套呢？長年與海水為伍的人，雙手都隨時會被海水打濕的吧！

在極度嚴寒中，唯一溫暖的是陳四溫厚的笑，以及他關心別人的由衷的話。

陸東以自己對嚴寒的感受，來體味陳四在無遮無擋大海承受的極寒，但想像不出來。

但溫情是可以感染的，陸東在寒冬送外賣，已習慣用自己的水壺，裝了茶餐廳的熱茶，揹在肩上。每次把外賣交接妥當了，就把熱茶送上。

陳四女人爽快得很，毫無客氣，接了過來就昂頭喝了起來，然後遞給陳四，喝剩了就倒在手裏洗洗。倒沒有說甚麼多謝的話，只是燦爛地笑着。大概陳四夫婦已感受到陸東的誠懇，坦然接受，如此爽快的坦然，對陸東來說，是陳四夫婦送給他的最貴重禮物。

比起聽到多謝兩個字，不知高興了多少倍。人與人之間交往，微妙之處就在這樣的細節，正是一切都在不言中。

炎夏又快來的時節，有一天正午，陳四接過了陸東送來的飯盒說，暫時不會訂飯盒了。「一年來麻煩晒你哋了！」握了握手。這是陸東最後看到的陳四的笑。陳四好像很匆忙，也不及談其他，就開着舢舨走了。

人的交往就是這樣，常常不由得你作主。

陸東感到一種惆悵、傷感的情緒，他明顯捨不得陳四，這樣一個純樸、吃得大苦而又善良的人。

陸東此後再也見不到陳四，他後來的生計還是這樣嗎？

陸東有時會浪漫地想，陳四夫婦固然逃避不了最嚴苛的季節，但他們也會經歷最美好的季節，就是因為這樣，他們才能保住很燦爛的笑，內心的慈悲感才會長存。陸東很想進一步對他們解釋：「你們呀，笑得跟都市人真的不一樣。」

陸東是有感而發。笑就是美。但笑也可以很醜陋，令人作嘔，醜陋的笑容也可以有很多種，譬如皮笑肉不笑就是很常見的一種。一個人的生命裏，要是從未感到笑是醜陋的，其實可以印證他的日子過得還算不錯，甚至可以說得上是很幸福很幸運的人了。

對陸東來說，陳四夫婦不比尋常的笑，是一劑良藥，喝過了，回味無窮。

陸東後來想了一下，其實他所說的「你們呀，笑得跟都市人真的不一樣。」並不盡然。因為陳四夫婦的緣故，陸東想起了一對陸上夫婦，在某些方面某個程度上，跟陳四夫婦很相似。

陸東每每走在街上，都會習慣性抬頭往大廈的高處望望，時不時會看到某個單位的外牆，搭起了簡單的棚架，很像雀鳥築起的巢窩，懸在半空中。

陸東對這種在半空搭棚架的技藝，很感驚訝，也很敬佩，真像蜘蛛俠一樣，是怎樣的一個師傅呀！

有一年，陸東居所的外牆嚴重噴水，需要維修。因為嚴重滋擾了人家，必須盡快。

外牆嚴重噴水，外表看來很危急，其實不是那麼一回事。

只不過是外牆上一個損壞了的部件換一換就可以，可說是「手板眼見功夫」，樓齡已幾十年了嘛！

問題是出事地點在外牆，在半空，工程就大了，需要師傅在外牆搭棚架，才可以安全作業。

多虧有這種外牆半空搭棚的技術，不然，要從地面開始搭棚，工程可真是大了。但外牆的損毀需要儘快維修好，也要無奈面對吧。

有這種絕技，真是功德無量。陸東遇上了這樣的事，也就這樣想。

這一天下午，果然來了搭棚師傅，一男一女，他們先把一支一支竹桿搬上樓來，然後笑瞇瞇走進屋裏。

陸東靠着直覺的判斷，知道他們是一對夫婦。正如後來他遇上陳四夫婦，也有這樣的直覺判斷。

在陸東的潛意識裏，從事性質危險高的工作，就需要一個絕對信任得過的合作夥伴，才安心，才能真正做到守望相助，還有甚麼比起夫妻做合作夥伴更合適呢？譬如，在工作上有甚麼不同意見，也可以放心吵一吵，不擔心留下甚麼芥蒂。

走進屋來的男女師傅，是一對很不起眼的人，穿的衣服應該是他們覺得工作起來最不礙事的，也就是說，最輕鬆舒服的那一類，深灰色的。

兩個人的身量都瘦削，給人的感覺卻是，從事這項工作真是太適合不過的了。香港地地少人多，除非是大戶人家，不然，甚麼地方都狹窄。要爬出去，最好的位置在那裏，當然是窗口。普通人家的廁所窗口，通常都是狹窄的，稍為肥胖一點的，在作業時都會遇上很大不方便。

但這對不起眼的師傅，充滿魅力的功架，很快就無聲無息，很自然地流露了出來。眼神很銳利，充滿神采，打量着屋裏的環境，低聲商量從何處着手，細微處的一舉一動，自信心看來簡直爆棚。

陸東印象最深刻的是，爬出窗外去搭棚的是男的，但最後拿定主意的是女的。他們就如何着手，有點爭議，輕輕聲的，但最終一錘定音，「就是這樣」的手勢，是女的做出來的，堅忍不拔的自信，隨即從她從容的笑容裏流露了出來。男女的互動，陸東看了覺得很有趣，很有意思。

但女的絕不是逞強，而是要給男的足夠的信心。從男的反映來看，也應該是這樣，他感受到女的給他的支持。

事隔多年，陸東對這對空中夫婦，記憶已逐漸淡薄，但陳四夫婦的出現，又讓陸東想起了他們。

海上夫婦和空中夫婦有很相似的地方。

很美很美的很相似的地方。

在工作危險的地方，兩個夫婦都覺得，最要緊的是，要給對方一份格外強的信心，一份無價的愛。

全都由笑來表達。

陸東確實還記得很清楚，陳四女人的笑，真的笑得很燦爛，很有魅力，笑時，滿臉的黝黑伸展開來，更顯得牙齒特別白皙，更添一種難以言傳的女人才有的嫵媚。

但最重要的不是這個。陸東在這個海上女子身上，看到了一種很奇異的美的氣質，陸東一想就想到，無疑，這種美也是由大海塑造出來的。

不是明星一般的氣質。

不。

陳四女人的氣質，只有在尋常的日子裏，才顯出它的價值來。即使演技再好的美麗明星，也難以呈現那種氣質的神髓，就因為這種神髓，是長年累月在特別的、嚴苛的環境浸淫出來的。

要是給這個氣質起個名稱，那麼應該叫做甚麼呢？陸東想了很久，覺得可以稱得是大家姐風範。嫵媚卻又絲毫不損這種風範，反而顯得更顯眼，叫人看了有種更加舒服的感覺。

有種人就是這樣，不論身處何方，總是給人一種不可撼動的信心。這種角色通常是由男人來扮演。要是由女人來扮演呢？她表現出來的不一定是強悍溫文和從容是一種更強的力量。

這對海上夫婦的信心，是由這個女人來穩住的。

陸東有這個感覺，正是從觀察他們的笑容得來的。陸東最初也為自己的觀察結果感到驚愕，最後還是覺得自己有道理。

把陳四的笑跟他的女人的笑比較起來，是個有趣過程，甚至到了一個純真可愛的程度。

陳四外表粗獷，但喜歡笑，要是他不喜歡笑，剛認識他的人，對他的觀感一定完全不同。不過，他黝黑臉盤上的笑，來得緩慢，每一次都像是掙扎着出來似的，好像思量着笑得合不合適，笑得有點戰戰兢兢。而妻子的笑，則是自然而豁達。因為信心十足，笑時就毫不猶豫流露了出來。

當然不是所有男人都是這樣，但有些男人，特別是責任心特重的男人，因為要負擔起一頭家，心理負擔會特別重。應付生活總有力不從心的時候，都是要由女人來填補和支撐。

陳四需要有個女人在身邊，與其說是需要有個照應，毋寧說是需要有個女人的樂觀來撐住。

陸東為陳四感到高興，因為他確實有個這樣的賢內助。一個如此與眾不同的賢內助。

這對空中夫婦，情況也是一樣吧。

陸東想，在潛伏着危險的工作環境，就會出現這樣的患難夫妻，一種異常的肝膽相照。

陸東想着陳四夫妻駕駛着舢舨在海上飄浮，想着空中夫妻駕駛着滿載竹桿的貨車到處去接生意，都在生活線上勤勤勉勉謀生。

有一天，陸東在公眾碼頭觀賞黃昏的海景，有一艘躉船慢慢地駛近。

偶爾也可以看到類似的躉船在海港駛過，遠處看去，也不過是尋常的船隻。但當躉船愈駛愈近，然後泊到公眾碼頭時，昂起的船頭，就像一頭飛騰的巨龍，像要吞噬甚麼，給人一種意外的驚嚇。船頭已佔去了公眾碼頭的一半。

陸東第一次近距離看到躉船，感到很特別。船艙扁平寬敞，站立着三十來個人。躉船泊岸，眾人就準備上岸。要從昂起的船頭跳上岸，倒是需要一番敏捷的身手。陸東發現其中一個膚色特別黧黑，身量像是陳四，等他跳上岸，仔細一看，原來看錯人了。

陸東想，他確實是懷念陳四了。然後他又想起了那對空中夫婦。

他們的身影到底有甚麼特別，值得較深刻留在他心裏？

也許是，在他們特殊的、有着凶險性質的、而且辛苦的工作環境，培養出難得的氣質，最為珍貴的是自信和誠懇。

自信和誠懇，在他們的工作中，最為重要。

對陸東來說，無法淡忘的是這兩對夫婦的坦蕩蕩的笑容，自信和誠懇都在其中了。

窮人的溫暖版自助餐

蕭明生曾經有過一次絕無僅有的機會，到灣仔會議中心參加盛宴，這時他已到了晚年。氣象萬千的筵開百席的宴會廳，叫他開了眼界。「飯來張口」的優雅生活方式，發揮得淋漓盡致。

侍者以訓練有素的、高度規範的動作，把精緻的美食，一份一份地分在碟子，或是小碗裏，然後逐一送到貴賓面前，這是一種最舒適、最精緻、最優雅的食法，連腰伸一伸都免了。蕭明生想這極可能是為那些經常赴宴，甚至一晚趕幾場的尊貴人士而設計的。

蕭明生是正常人，當然喜歡這樣的富麗堂皇，衣香鬢影的場面，有這樣的場面就有美食、美酒。但他想起了另一種場面，另一種吃法，兩者比較起來，叫他產生深深懷念的，竟然就是另一種場面，另一種吃法。

原來吃的心情，是跟經歷有關的。

那是年輕時，在香港仔黃竹坑香葉道工廠區一家工廠做雜工的日子。想起來，是很辛酸的。

職場上有個定律，是他深深體會到的。愈卑微的工作，做起來愈容易叫人勞累。半天粗活還沒有幹完，飢腸轆轆的感覺已提前來到。

高聳的工廠大廈密密麻麻，不知有多少工人在裏面操勞。他們是怎樣解決吃飯的問題呢？中午時蕭明生出了工廠大廈，就會看到很多工人從其他工廠大廈湧了出來，其中不少以急促步伐走向附近的大型公共屋邨。吃飯時間不多呀，還要來回。工廠區與公共屋邨一起發展，是很苦心的規劃。

蕭明生後來會很哀傷地想，很多踏踏實實、勤勤奮奮、卑微的過日子的家庭的命運，特別是家庭裏的孩子，就這樣被規劃，在一條既定的人生路上走。但再想一下，有這樣的規劃總好過沒有。要車舟勞頓，到不知甚麼地方去打一份同樣薪酬低微的工，就更好嗎？

解決吃飯的方法很多，有很多工人是帶保溫飯壺返工。當然工廠區也會有食堂吧，只是蕭明生還找不到門路。

蕭明生發現，工廠樓下一條大水溝傍邊，有一個臨時搭建起來的食檔。這個發現給他帶來的驚喜，要說就像中了六合彩，誇張得太離譜了，但蕭明生剎那間確實有這樣的感覺。這樣一個地方，對蕭明生來說不啻是比天堂還要美好。失去了，就會像一下子跌進了地獄。

中午休息時間一到，蕭明生出了工廠大廈，就會直奔食檔，就像奔向聖地。對於小人物來說，能夠得到溫飽，就是聖地。

蕭明生最能理解，一個人累極、餓極，就會變得昏頭昏腦。

飯檔看來是由一對中年夫婦經營的，蕭明生趕來時，往往可以看見飯檔兩個火爐已「開足火力」。掌鑊的是個四十來歲的男人，炒小菜的同時，也要耳聽八方。

熟客都知道，人一到，最重要的不是找座位，而是要高聲喊出想吃的小菜，中年漢高聲回應「聽到」，即以迅速的手勢，抓了身邊早已準備妥當的配料，放到火熱的鑊裏，翻了幾翻，一碟新鮮熱辣的小菜已由待在一旁的老闆娘送到食客跟前。這是即席表演，一點也不欺場。要是老闆娘忙於收拾碗碟、抹枱、收錢，心急的食客看準了小菜已炒好落在碟上，早就一個箭步搶向前，自己端了來吃。

有時會發生點小糾紛，純粹是誤會，沒有甚麼大不了。譬如，某個食客叫的小菜給別人搶先端了去了，老闆就頭也不抬，以粗獷的聲音安撫——阿哥，就來，那有何難！一碟小菜說來就來了。當然，這碟小菜必定加了料，特別抵食。

老闆識做，爭端就很少發生。

飯檔還設有蒸籠，蒸籠疊了幾層高，裏面有蒸魚、蒸肉餅，蒸排骨等等，食客自己拿，真的很方便。

飯檔提供三熱：熱飯、熱餸、熱湯。

小菜才要收費，其他熱飯熱湯，任飲任食，一頓飯，大概就是等於現在的四、五十來塊吧。即使是幾十年後，蕭明生依然記得拖着疲累的身軀走向飯檔的那份期待。

湯任飲，飯任食。一頓午飯下來，就滿額大汗，很暢快。蕭明生總是能深深地感到了一份豪爽，一份體貼，一份情義，只有食檔這樣的老闆，也是在生活裏苦苦掙扎，深知疾苦，才願意這樣做。說是一種招徠手法，那也是肯定的，老闆也要謀生呀！只是蕭明生一直都相信，沒有一份感同身受，相濡以沫的情感，如何肯讓人任飲任食？

至今，蕭明生依然記得中年食檔老闆的身影，雖然已變得愈來愈模糊了。

每次吃飯後，都是抹抹嘴就走。大家都忙。但蕭明生對中年老闆的情感特別，雖是陌生，卻懷着感激之情。很多年後，蕭明生還牽掛着，這位中年老闆近況如何？他以怎樣的方式謀生？

大概蕭明生真正懷念的，是愈來愈稀薄的人間情。

在這樣簡陋的食檔都吃飯，食相不但不優雅，而且，要是食相不露出很狼狽的樣子，反倒是很異樣的。每個人都低垂着頭，扒着飯，盡快把肚子填滿，飯餸美味，在飢腸轆轆的驅使下，不免露出狼吞虎嚥的樣子。這樣的環境，既是可以不顧食相，也必須不顧食相。

下雨的日子，座位不多，簡陋的、開檔時才臨時搭建起來的帳篷，難以為每個食客擋雨。雨天也常常是暑熱天，雨中的食檔不但依然座無虛席，而且，為了避雨，大家更加需要遷就，擠着點坐着。

雨中，天氣更加悶熱，吃了一頓飯，好像也經了一場沐浴，身上到底是雨水多，還是汗水多，都難以分清楚了。雨天讓食客吃飯更加狼狽，扒飯的動作就加快。再者，看見有人在雨中等待入座吃飯，明白大家找個吃飯地方不容易，也不好意思久留。

沒有下雨的炎熱中吃飯，其實更難受些。烈日當空，縱使大家都有同理心，遷就些，擠着點，帳篷仍難以為每個食客遮蔭。

熱飯、熱餸、熱湯是食客期盼的，卻也誘發了更多汗水，新汗和舊汗混在一起，誘發了更濃烈的汗臭、體臭。酷熱容易誘發各種氣味，就在身邊的大水溝散發出來的臭味，就更加攻鼻了。

以旁觀者的角度來看，這樣的吃飯方式和環境，是會很難受的。這當然也是事實。有甚麼值得牢牢記在腦子裏呢？還值得深深懷念？

蕭明生經歷了一段這樣的日子，感覺確實與眾不同。縱使在風雨交加的日子，飯餸湯依然是熱的。這種熱在蕭明生的感覺裏，包含了另一層意義，人情的熱。

蕭明生懷念着簡陋食檔即炒的小菜很有鑊氣，新鮮可口，比得上世間傳說的各種美食。無論在暑熱或風雨裏進食，都會汗流浹背，仿如經了一場沐浴的感覺，都有一份酣暢的痛快。在艱苦的日子裏，這一頓飯既是一天裏最大的期盼，也是一天裏唯一感到的快樂感和輕鬆感。

還有一份，其實是最珍貴的，感恩的懷念，一個食量大的人，在飢腸轆轆，身心俱疲的時候，得到急需的救命般的食物，肚子填飽了，精神也全都回來了。

這不是太值得感恩嗎？

吃飯不是為了享受，純粹為了生存，這是很悲愴的事。但在一切都應該很悲愴的環境下，竟然可以在一個衛生環境很差的地方，真真正正享到了吃飯的樂趣，只因老天爺可憐受苦人才會有的事。

很多世間事，讓人一眼就看得出，很不堪，那是一定得消失才行，醜陋是不容存在的。

但在生活得很低微的人眼裏，醜陋的事物可以很美，就如這個提供了熱的餸飯湯的簡陋食檔，一旦突然消失了，就會讓受惠於它的人，就有天旋地轉的感覺。

審美觀出現了嚴重問題了嗎？有些美，不是由某種既定的審美觀來判斷的。

很多世間事，它們的存在，都有偶然和必然的因素。譬如這個飯檔吧，它的出現，可能是有一天，有個失業廚師來到這個工廠區碰碰機會，他路過大水溝，發現大水溝旁邊，竟然有個大空地，可以搭建臨時食檔，大喜過望。這是偶然因素。食檔的存在是必然的，因為工人發現有這麼好的食檔，也大喜過望。

但這個食檔，也是必然要消失的。

蕭明生想不到的是，這個食檔會消失得這麼快。

蕭明生中午放工吃飯時間，直奔食檔所在地，視野讓他初時感到很不對勁，然後整個人呆住了。

原本是人頭湧湧的，自成一個天地的簡陋食檔，已變成一片廢墟。看來結束得很突然，很快，就像特強的龍捲風突然襲擊，一切瞬間消失。

成了廢墟，一切都變成了垃圾。中年老闆如果想另起爐灶的話，廢墟的一切都可能是他的珍寶。譬如帳篷，要架起這麼一個可以為很多食客遮陽擋雨的帳篷，應是不容易的。中年老闆是如何把他整套的營生家當撤退的呢？也許被充公了，至少要繳交了罰款，才能取回。

中年老闆當時的反應會是怎樣的呢？蕭明生無法想像。

會比他更絕望嗎？

蕭明生自己不知是否飢餓過度，或是絕望過度，總之是像突然知道一場悲劇已發生了一般，有種暈倒的感覺，立即湧入腦海裏的念頭是，吃飯要往哪裏去呢？走出工廠區，到找到吃的地方，要走很遠的路，不能再「飯任食、湯任飲」了。這些都是要即時面對的問題，造成了他的窒息感。

這是一段很艱難的日子，想了起來都覺得很難受。但正是如此，風雨中享受簡陋食檔的熱飯、熱餸、熱湯，就有一番美味，特別是在記憶裏。

因為有了感同身受的強烈感覺，看到與他處境相同的人，蕭明生的同情之心特別強烈。

露宿者的聚居地被強行清拆，因為不合衛生，有礙觀瞻，這跟幾十年前簡陋食檔被清拆的理由是一樣的。被清拆，就失去了臨時棲身地了，就如當年他瞬間失去了熱飯、熱餸、熱湯，很難受，很徬徨。

蕭明生佩服露宿者的生存本能，竟然有能力搭建簡陋木屋和帳篷作為遮風擋雨的地方。也許作為人，都有掙扎生存下去的本能。

暗角裏的人間溫暖

蕭明生初出社會，前途茫茫，抱着騎牛搵馬的沉鬱心情，來到一間小商店當店員。店舖的後門通往一條長長的後巷，頓時感觸萬千，原來，他的人生，這麼快就走到了一個陌生的暗角。

在此之前的蕭明生，以他入世未深的目光，看到的都是大都會說不盡的金碧輝煌：裝潢華麗的酒樓；充滿貴氣的金飾珠寶行；展現婀娜多姿的時尚服裝店；入夜後五光十色的霓虹燈飾。

覺得是迥然不同的兩個世界，對比之後的巨大落差，讓蕭明生有了感觸，也是人之常情。

這不過是蕭明生認識社會的一個初階。有了這個入門，人就慢慢成熟起來了。

蕭明生最初出道的那個年代，在港九新界，只要是人煙稠密，房屋鱗次櫛比的地方，就會衍生無數這樣的陋巷。

無數幹着各種營生的人，諸如基層理髮師、木匠、鐵匠，生果小販，還有其他意想不到的角色，都不屬於大都市最風光畫面的一部分，難以想像有能力在通衢大道租個鋪位來營生，就進駐這些陋巷，他們的生活方式，形成另一番人間煙火，絕不顯赫，蕭明生憑着這麼一個莫名其妙的機緣，經歷了，很難忘，覺得與通衢大道的滾滾紅塵比較，絕不來得遜色。

他們過着很謙卑的日子，卻是養活了無數人。

蕭明生最先認識的是生果佬阿添。也可以這樣說，沒有認識阿添，蕭明生就不可能認識陋巷裏的其他人。

這裏有個緣故。

蕭明生當上店員約半個月後，一個傍晚時分，他打開後門，隨即嗅到了一陣很濃郁的香味。陋巷總是飄來臭氣的時候多吧，怎麼會有這樣叫人精神一爽的柚子香呢？

蕭明生看見陋巷裏放了個很大的火水爐，爐具上放着一個很大的銅製湯煲。

蕭明生想，阿添孩子真多，在陋巷裏跑來跑去，有男有女，初時真的數不清到底有多少個，食指繁多，就需要這麼大的湯煲吧！

那晚，八點來鐘，蕭明生已關好店門，準備收工，只聽見後門傳來敲門聲，打開門時，阿添笑嘻嘻的臉早已伸了進來。

「收工了？來，一起來趁趁熱鬧。」

後來，蕭明生總算明白，柚子皮風乾的日子，也就是添嫂最喜歡精心煲靚湯的日子。由中午開始，就開始煲湯了。香味溢滿陋巷的時候，暮色也就濃了。

入夜後，陋巷裏，城市的光幾乎一點兒也透不進來，要不是有兩個燈泡在半空搖晃着，掙扎着散發着微光，還有煲靚湯的火水爐裏的火光，陋巷就會提前進入了黑暗之中，而且必然是近乎漆黑了。

陋巷裏擺了兩張高低不一的枱，還有好多張也是高低不一的椅子，也不知是從哪裏搬來的。蕭明生不大習慣這種燈光暗淡的環境，只看得見兩枱坐着了好多人，各人的姿勢，顯出了頗為隨便的愜意。

這一晚，原本應該是死寂的小巷，因為阿添招待的大食會，有一番特別的熱鬧，陋巷的好多個行業的師傅都來了，有理髮的、木匠、鐵匠等，聚在一起，有吃有喝有講有笑地度過了愉快的一晚。

吃的其實是火鍋，不論是寒冬或是炎夏，阿添請客時，沒有特別講究。食料不外是牛肉、魚蛋……，再就是從燒味店斬來的燒肉、燒鴨、香腸、叉燒等等。但主角其實是添嫂煲的一大煲靚湯，其中放了柚子皮，柚子的香味混合在濃湯裏，就別有風味。湯料異常豐富，瘦肉、香菇、海螺、藥材，等等。

濃湯的美味，加上純樸的友情，其中享受到的愉悅肯定不會比別處差。男人聚會，無酒是不歡的。自然不會有名酒，但即使只是啤酒、土炮也都已經夠盡興了。師傅當中，有個叫阿平的裁縫佬，蕭明生最熟悉。阿平的檔口不在陋巷裏，他在一幢唐樓的樓梯口開檔，就在附近。檔口不在陋巷，而把他特別邀請了來，可見他們是莫逆之交。

在唐樓樓梯口開檔，是那個年代的一種很普通的謀生方法，每個街段，總可以找到一、兩檔這樣有一技之長的人駐守的檔口。

這樣的檔口，在那個年代，不但不會討人嫌棄，街坊還挺希望它們的存在。這是因為檔主長年作業，手藝已相當好，為人也大多給人很親切、安詳的感覺。但最重要的還是給街坊帶來很實際的幫助。

那個時候，物質絕對沒有現在這樣豐富，衣服舊了，是要縫縫補補的，不像現在破了，舊了，就買一件新的回來。生活上種種不方便，有了類似攤檔的存在，都可以迎刃而解。

阿平的技術表面是看不出來的，只有幫襯過他的人，因為裁縫滿足了他們的要求，而且做得比他們所要求的還要完美，他的好處才充分顯示了出來。正如他的貌不驚人，相處久了，才知道他的好相處。

這樣的攤檔，往往一擺就是幾十年。要是現在的人，這樣的謀生方式，早就絕望透頂了，阿平從沒有給人這樣的感覺，自有一種安定而知足的神態，不然，如何坐得住呢？

阿平除非特別忙，不然，早晨不過十一點是不開檔的，這樣一來，晚上收檔就收得晚了。一盞孤燈陪伴着他，在這樣的時候，特別是寒夜，孤燈所發出的光亮，倒很可以給人溫暖的感覺。

到了晚上，有哪戶人家突然記起了有一張被子需要縫補一下，連忙抱着下樓一看，阿平還在，心裏的溫暖都是可以溢了出來的。

衣食住行。在愈貧窮的年代，衣這一項就愈是件頭等大事。

裁縫佬阿平，曾有過頗忙碌的日子。

一般的縫縫補補，家庭主婦還是做得來的。可是衫褲由大改小，甚至做件粗穿的、不太講究的新衣新褲，就得勞動阿平了。

漫長夏夜，如果拿衫褲來縫補的是男人，在交代要縫補的衣服時，就像是在聊天。忙碌的時候，阿平只顧埋頭做他的功夫，來人就有點喃喃自語的樣子。

那個時候，沒有太多車輛，靜寂的夜裏，再怎樣喃喃自語，都可以聽得清楚。衣服哪裏破了，怎樣破的，在這樣的敘述中，就會透露很多生活細節，不會是驚天動地，卻時時也會說到艱難處。阿平聽了一會兒，停下手裏的工作，拿起客人要補的衣服，借着燈火，前後左右地看了看，就像在為病人診斷。如果是急要的，就立即縫補起來。阿平的工作，確確實實也很像是在為窮人的生活療傷。他也確實是個很讓人信任的治療高手。但他又不像醫生那樣，會給人不知深淺的隔膜感。他的一切，無論是他的工作地方，他的外貌，都給了人很平易近人的感覺。他確實是直接給人很溫暖的感覺。並不僅僅因為他的雙手永遠都拿着的衣服，給了人很溫暖的感覺，而是他整個人都給了人很溫暖的感覺。

養了一窩子孩子的生果佬阿添如果拿一包衣服來找阿平，就不作任何交代了，只把衣服遞交給阿平，然後又默默拿出一罐啤酒給他。給人的印象，他對阿平絕對信任，哪些地方需要縫補，阿平憑着他的觸角，其實比他都要清楚。

阿添一家七口粗穿的，不太講究的衣服，幾乎都由阿平裁剪的。穿得破舊了，再拿來給他補，阿平對他裁剪的衣服縫補，就像是給親生孩子療傷。

阿平看得出，這一家子的衣服容易破爛，倆夫婦做粗活的時候多，為口奔波。孩子們呢？每天往閣樓仔爬上爬落，又貪玩，容易磨破。

生活原該就是這個模樣。

阿添曾說：「我女人幹的是粗活，做不了縫補這個細活，叫她做粗的，再叫她做細的，她就會破口大罵了。」

阿平聽了這話，抬起頭來，笑了。

「你還敢叫她做這些事情，她幹的粗活比你一樣多。她叫你補，你不也破口大罵？」

阿添裂開嘴笑了。

阿添請阿平為他做套衣服。坐久了的阿平站起來要為他度身。阿添按住了他。度甚麼身，按着我這些衣服的大小做就行。還要講究貼身嗎？

然後，阿添又說，也給我女人做一套。

阿添又加了一句，尺碼大一點也可以，她愈來愈癡肥了。說罷又笑了起來。

阿平說，這不就顯出你的本事來！把個老婆養得肥肥壯壯的，這才叫珠圓玉潤。

聽起來很少是肺腑之言，卻隱隱然有種肝膽相照的感覺。

要是在夏夜，裁縫佬阿平終於忍不住打了個長長的呵欠，伸了伸懶腰，放下手裏針綫，也就意味着他要收檔了，水果佬阿添就會從另一個袋子裏取出個大西瓜來。西瓜刀也已經備好了的。

阿添切西瓜的手勢利落，所使用的力度，跟阿平用針綫用的力度，迥然不同，但隱隱然都有種專業的美。

阿添總是說：「你總是坐着不動，血氣不順，對身體不好，多吃些生果才是道理。在這樣的炎夏，吃西瓜再好不過。」

阿平其實是羨慕阿添的。這是一個長時間坐着的人，對另一個經常奔跑的人的羨慕。從阿添敏捷的身手，阿平知道阿添要健壯得多。有哪幾個像阿添這樣，有膽色兼有氣力，在風雨中奔跑自如？

有一回，蕭明生跟着阿添去看望阿平，聽了阿平說了一番很特別的話：「坐在檔口仔，既是幹活，也可以看街景。很多人的人生就在眼前晃過。長年累月，疲累時抬起眼來張望一下街景，總有機會看到亮麗的豪華房車在跟前駛過，這樣的富貴在跟前一閃而過，跟富貴的距離，卻是永遠無法加以縮短。但總有更多機會看到不論是眼神，還是舉止都顯得很潦倒的人，終日為生活勞碌奔波的人，滿臉愁容，哭喪了臉的人，在眼前晃過。總之，各式各樣的人，在跟前晃過，各自展現人生。但是最接近的，還是拿着需要縫補的衣服來我這裏的街坊。尋常的市井小民，不會有很大驚喜，重大挫折也罕見。這也就算是平穩的日子了嗎？」

這是否可以代表尋常人對人生的啟悟？

蕭明生做店員的日子很短暫。有一回，他去探望阿添等人，卻只見到阿平。

聽阿平説，生果佬阿添在這裏謀生，也有一大段日子了。但有一天阿添突然走得無影無蹤，看來走得很匆忙，連老友都不告知一聲，顯然事有蹊蹺，因為這不是阿添的為人作風。後來聽説是為了保護費得罪了黑社會份子，也有説是得罪了其他甚麼人。他佔用的那一段陋巷雖説是默許使用，但明顯是公眾地方，要是有誰有意找他麻煩，最擊中要害的就是找這一段陋巷下手。對於阿添來説，這一段陋巷比他所租住的閣樓仔還要重要，沒有這一段陋巷，日子就無法過得下去了。

阿平認為，只要有街道，只要有人群，只要有腳力，憑着阿添的樂觀和適應能力，到了哪裏都可以生存下去。阿平並不為他擔心，惦記的是他的那份肝膽相照。

蕭明生感到最深刻的，卻是生活裏的那種不穩定。他很害怕不穩定，但生活裏哪裏避得了呢？

這樣想來，阿平的人生，也算是不錯了。怪不得他有那番話。

附錄

「生老病死」之苦——淺談《微瀾說》

黎漢傑

翻開本書，作者生前撰寫的小序開宗明義地說明，這部書的主題只是一些普通小市民，經歷過「生老病死」、體味過「喜怒哀樂」的故事。這部小說集延續許榮輝一貫的寫作信念，關注的是「在回味人生時有所頓悟而感受到的喜悅」、「或者因得到意外的快樂而快樂得不得了」。小說所呈現的，是身處一個普通的城市，生活平庸的人物在平凡的日常裏「有些甚麼，是真的值得珍重」的東西。這些小說的主角，並非什麼英雄、奇才、偉人，只不過就是我們的鄰居、朋友，又或者是路上會隨便遇到的甲乙丙丁。作品雖然是虛構，但正因為作者透過種種設置，讓人容易誤會這些「平凡」的故事，正是城市人真實存在過、發生過的片段。

這種錯覺，實際是由於作者刻意地從諸如角色設定、事件描述、敘述語調等等幾個方面作調節、加工，才會出現。

沒有名字的人物

從角色設定來說，〈生命似樹〉的主要角色就只是一對出現在小公園的母女以及一個抱着嬰兒的父親，他們甚至連一個名字都沒有。再看〈生死不渝〉，這是一篇透過「我」聽那身體已衰敗的男人轉述，他和老妻的故事。雖然說轉述記錄的是「我」，但是大部分的篇幅都是來自那男人直接的敘述聲音：

> 我眼前這位塵肺病者談起他的工作，有種打工仔常有的謙卑。對社會作出很大的貢獻？謝謝，我也是第一次聽見人這樣說。老實說，要不是迫於生活，百般無奈，也不會做這樣危險的工作，我的出發點不是為了貢獻社會，我們小人物，哪裏知道這麼多大道

理？危險？哪裏不會知道這個工作，就像一把刀懸在頭上？

這段文字，前後兩個「我」，身份並不一樣，從上述段落第一個問號開始，已經完成角色的切換。然而，即使敘述者變成故事的主人翁，讀者看完整個故事，也只是知道老人的妻子叫秀娟。至於那位「聲演導航」，不停在訴說的老人，卻是沒名字的。

類似的情況，在這本小說集是經常發生的，例如：〈白頭偕老〉的老夫妻是：「郭老和郭老太」；〈傷逝〉重點刻畫的是「母親」；〈文竹〉則是李先生；〈上與落〉是講「這對上了年紀的男女」的故事。對人物角色刻意模糊化的處理，讓讀者信以為真，錯覺作品並非虛構，而是實錄。

「生老病死」的苦故事

實錄的生活，與一般小說情節不同。坊間的寫作訓練班常要求學員寫故事一定要有衝突發生、發展、直至解決這整個過程。若果以這個角度看，《微瀾說》的每篇作品，情節並無新奇刺激之處，更沒有特別的衝突發生，說是一篇篇記錄軼事的筆記，也不為過。〈揮春〉只是寫跟車送貨的阿釗拿到書法家寫的「隨遇而安」和「新年快樂」的揮春。〈暗角裏的人間溫暖〉的蕭明生看到的就是尋常唐樓樓梯口攤檔的生活。〈傷逝〉寫的母親很平凡，懷念她的女兒秀美最後想到的也不過是每年生日為她煮的米線。〈稱呼〉則只是寫屋苑的保安看到一個少女送外賣。這種生活瑣事，正如文中所講，隨處隨時隨地都有：

> 像這樣的屋苑的外貌和佈局，在香港已很常見。
> 好像都運用了一種格式。

正因為描述的事情是如此常見，它可以是今日、昨日、明日發生，發生在任何一個人，包括你，也包括我身上。

一般「起承轉合」的結構方式，並不適用於《微瀾說》的作品。如果真的要找一個公式來分析，那麼按作者的說法，符合他筆下故事的公式則會是「生老病死苦」。〈生命似樹〉那個被照顧的嬰兒；以及坐輪椅的女孩，就是代表「生」。女孩因患病而須要坐輪椅，面對自身的疾病已經是「苦」：「小女孩患的到底是甚麼疾病呢？這很可能就是一個叫人傷心的故事。」至於那位也出現在公園的嬰兒，永遠只有父親在場，母親則始終都是缺席的：「一個年紀不算太大的男子，其實勉強還算得上是個青年，大白天在小公園裏這樣轉悠，……他環繞着花槽轉動，並不是為了他自己，而是為了他懷裏的寶貝。……原來，他把一個頂多也不過是幾個月大的嬰兒，『藏』在他的外套裏。」母愛的缺失，對嬰兒來說自然都是一種「生」的「苦」。

至於「老」的「苦」，可以看看〈上與落〉那對老年男女的對話：

成年人一上了鞦韆架，會因各種各樣的原因，就下不來了。除了自己戀棧的因素，也不排除其他因素，有種說法是人在江湖，身不由己，就有這麼一層意思。一個人下來，極可能會是一件很嚴重的事，牽連甚廣。即便個人不快樂，也得繼續玩下去。當然也有人是樂此不疲的。

成年人的鞦韆世界，能夠做到只升不降，已不是件希奇的事。但感覺到純然快樂，就沒有那麼必然了。試想一下，一個人停滯在半空，縱使有多高，快樂真的是那麼實在嗎？

老年人的「苦」，如果撇開生病不談，心中對已擁有的事物那份執念和慾望，無疑都是一種「苦」。《論語》就說過：「及其老也，血氣既衰，戒之在得」。以往的「得」，漸漸成為「老」的「包袱」。

〈白頭偕老〉的主角雖然都是長者，但重點則在於「病」帶來的「苦」。小說的開首，郭老和郭老太是老友記的明星人物，「我們這一地區一道很美麗動人的風景，叫人看了，總有眼前一亮的感覺。」他們雖然年老，但是老得優雅而甜蜜：「老夫老妻在身體和精神面貌都確實不同，配搭起來，卻沒有給人違和感，總是自然流露出來的恩愛，讓人覺得，神仙眷侶的美好晚晴，也不過如此。」可是，自從郭老患病之後，一切都改變了，甚至連郭老太那頭「逆齡生長」的黑髮，也變成一夜白髮：

上了年紀的人，哪裏經受得了太大的病魔的折磨？在入院接受治療後不久，郭老已瘦了幾圈。

頭髮經過化療等療程，連僅剩的白髮都掉光了。

……

變化得最大的，卻是原本爽朗樂觀的郭老太。

郭老患上頑疾後，晨運時他們的身影不見了。偶爾在路上遇到郭老太，平日爽朗的笑容換成了愁容，步履也由以往的輕快，變得沉重了。

最顯著的卻是她頭髮的變化。

烏亮的頭髮頓變灰白，想來應是叫人心碎的過程。親人被癌魔纏擾，情緒會受到多大困擾呀！

「病」當然「苦」，但是除了自己會「苦」，還有身邊的人陪伴，一起共度「苦」的時光。但是「死」的「苦」，已逝者感覺不到，就剩下思念逝者的至親，一個人「苦」。〈傷逝〉秀美的眼中，因為失去母親而經歷的煎熬與自責，那些比自己年長很多的兄長姐姐，是不會懂的：

秀美感到她跟母親漫長日子裏的相依為命，突然被一把利刃砍斷了，不允許有一句告別，不可以在臨終時互望一眼，這是一個最殘忍的人生結局了。

秀美算是經歷了種種滄桑，然而當得悉母親去世，她的震驚，感受到的痛苦，令她的臉整個都變得扭曲，變形了。

……

然後，就是親生兄姊養育的子子孫孫。他們有的是從家鄉趕來奔喪的，也有的早就移民到香港，落地生根。因為親生兄姊來奔喪的緣故，也有不少鄉親來參加葬禮。對秀美來說，完全陌生。

來自母親另一個世界的人。

那一點相濡以沫的溫馨

《微瀾說》講述了各種各樣「生老病死」的苦，但同時也呈現了潛藏着的一點喜悅與快樂。〈生命似樹〉讓兩家人得以相遇的公園，除了為附近的孩子與家長帶來物質上的得益：「春天來了，園內花草開遍，一片萬紫千紅，最是賞心悅目」、「每逢週末，公園裏拖男帶女的遊人一多，歡聲笑語連成一片，宛如小樂園」；同時也令女子得到了人生的感悟。最矚目的是颱風過後，她與女兒去到公園：「雨過天晴的第二天，下午，女子推着小女孩到小公園去，好像去探問災後的朋友」，雖然眼前盡是一片被颱風蹂躪的景象，破敗不堪：

沿途已是滿目瘡痍。母女最心掛的小葉欖仁，一棵又一棵東歪西倒，可以想像，它們在風暴中，受到了怎樣的蹂躪，被烈風拉扯着，旋轉着。但小樹是聰明的，知道敵不過強橫，就順勢倒在地上，避免進一步受傷。

母女倆最掛念的小葉欖仁在這場劫難中即使被逼倒下，卻仍然活着，令女子領悟到，在世間，即使弱小的生物，還是可以展現「另一種形式的強大生命力，更加動人，叫人看了更加賞心，更加震撼。」而這個公園，因而在人們心中就變成「生命的培育室」、「生命的教室」、「給大家的，就是一種生生不息的感覺」，儼然是展現美善的聖殿。

所以，許榮輝講述的生命，雖然都是活得不容易，在人生路上總有這樣或那樣的痛苦，但是依然閃現出生命的光輝。〈白頭偕老〉的郭老和郭老太跨過疾病的苦痛，又回到往昔白頭偕老的甜蜜生活，郭老太的頭髮又再次烏黑起來了。〈上與落〉經過對老年人的思考、辯難，最後兩位長者都有了另一番對人生的感悟，精神上的豁然開朗：「男女又再次相視而笑」、「他們確實都有很喜悅感覺，以前未曾有過呀！那麼，這就是長者的專利了嗎？以前總像是在迷霧裏，看甚麼都不清楚，只有迷惘，突然之間卻豁然開朗。也許人間傳說中的喜，就是這樣」。

因此，這種對人生之苦的思辨與超越，就成為了《微瀾說》一以貫之的主題，支撐着各個故事人物的信念。

二〇二五年二月二十五日

本創文學 113

微瀾説

作　　者：許榮輝
特約編輯：宋婉清
策劃編輯：黎漢傑
責任編輯：陳凱琪
設計排版：D. L.
法律顧問：陳煦堂　律師

出　　版：初文出版社有限公司
　　　　　電郵：manuscriptpublish@gmail.com

印　　刷：陽光印刷製本廠

發　　行：香港聯合書刊物流有限公司
　　　　　香港新界荃灣德士古道 220-248 號
　　　　　荃灣工業中心 16 樓
　　　　　電話 (852) 2150-2100 傳真 (852) 2407-3062

海外總經銷：貿騰發賣股份有限公司
　　　　　　電話：886-2-82275988 傳真：886-2-82275989
　　　　　　網址：www.namode.com

版　　次：2025 年 3 月初版
國際書號：978-988-71097-7-8
定　　價：港幣 118 元　新臺幣 440 元

Published and printed in Hong Kong

香港印刷及出版

資助

香港藝術發展局全力支持藝術表達自由，本計劃內容不反映本局意見。